SUTOPPU!

Koko wa kono manga no owari da yo.
Hantaigawa kara yomihajimete ne! Dewa omatase shimashita! „`Cause I love you" no hajimari!

Manga Chiimu

STOPP!

Das ist der Schluss des Mangas. Fangt bitte am anderen Ende an! Und nun genug der Vorrede, jetzt geht's los mit `Cause I love you!

Euer Manga Team

„'Cause I love you" von CLAMP
Aus dem Japanischen von Ute Jun Maaz
Originaltitel: „Suki. Dakara Suki volume 2"

1. Auflage
EGMONT MANGA & ANIME
verlegt durch
Egmont vgs verlagsgesellschaft mbH
Gertrudenstr. 30-36, 50667 Köln
Verantwortlicher Redakteur: Steffen Hautog
Lettering: Michael Möller
Gestaltung: Claudia V. Villhauer
Koordination: Christiane Dihsmaier
Buchherstellung: Angelika Rekowski
© CLAMP 1999
Originally published in Japan in 1999 by
KADOKAWA SHOTEN PUBLISHING CO., LTD., Tokyo.
German translations rights arranged with
KADOKAWA SHOTEN PUBLISHING CO., LTD., Tokyo.
© der deutschen Ausgabe Egmont vgs verlagsgesellschaft mbH, Köln 2004
Druck und Verarbeitung: AIT Nørhaven A/S, Denmark
ISBN 3-7704-6013-8

www.MangaNet.de

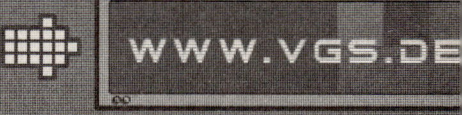

K2
KILL ME - KISS ME

Taeyeun Lim und ihr Cousin Jeonghu Lim sehen sich so ähnlich wie Zwillinge. Das macht sich Taeyeun Lim auch gleich zu Nutzen: Da sie unsterblich in ein Model von der Schule ihres Cousins verliebt ist, tauschen die beiden kurzerhand die

Brandneu und jetzt mit Shop!
www.manganet.de

FUYUMI SORYO SHORT STORIES

JAPANISCH lernen mit MANGA!

Für alle, die mehr können wollen als „konnichiwa" und „sayounara"

Japanisch mit Manga
Band 1
€ 22,– [D]
ISBN 3-89885-920-7

MANGA & ANIME 漫画 EGMONT -GESAMTVERZEICHNIS

ISBN-Stammnummer 3-89885-...

A.I. LOVE YOU Akamatsu
TB, s/w € 5,– [D] 3-7704...
1	Band 1	6185-4	11/04
2	Band 2	6186-X	02/05

AI YORI AOSHI Fumizuki
TB, s/w € 6,50 [D] 3-7704...
1	Band 1	6015-4	
2	Band 2	6016-2	
3	Band 3	6017-0	09/04
4	Band 4	6018-9	11/04
5	Band 5	6019-7	01/05
6	Band 6	6020-0	03/05

ALICE 19th Watase
TB, s/w € 5,– [D] 3-7704...
1	Band 1	6099-5	02/05

AYASHI NO CERES Watase
TB, s/w € 5,– [D]
1	Band 1	672-0	
2	Band 2	673-9	
3	Band 3	674-7	
4	Band 4	675-5	
5	Band 5	676-3	
6	Band 6	780-8	
7	Band 7	781-6	
8	Band 8	876-6	
9	Band 9	941-X	
10	Band 10	942-8	
11	Band 11	943-6	
12	Band 12	944-4	
13	Band 13	942-8	10/04
14	Band 14	943-6	12/04

BASARA Tamura
TB, s/w, € 5,– [D]
1	Band 1	849-9	
2	Band 2	850-2	
3	Band 3	851-0	
4	Band 4	852-9	
5	Band 5	853-7	
6	Band 6	854-5	
7	Band 7	855-3	10/04
8	Band 8	856-1	12/04
9	Band 9	857-X	02/05

BLADE OF THE IMMORTAL Samura
TB, s/w € 6,50 [D]
1	Band 1	585-6	
2	Band 2	586-4	
3	Band 3	587-2	
4	Band 4	588-0	
5	Band 5	589-9	
6	Band 6	590-2	
7	Band 7	591-0	
8	Band 8	592-9	
9	Band 9	593-7	
10	Band 10	594-5	
11	Band 11	595-3	
12	Band 12	596-1	
13	Band 13	597-X	
14	Band 14	598-8	09/04
15	Band 15	599-6	11/04
16	Band 16	3-7704-6100-2	01/05
17	Band 17	3-7704-6101-0	03/05

BLAME! Nihei
TB, s/w, € 6,10 [D]
1	Band 1	012-9	
2	Band 2	013-7	
3	Band 3	014-5	
4	Band 4	015-3	
5	Band 5	016-1	
6	Band 6	017-X	
7	Band 7	018-8	
8	Band 8	019-6	
9	Band 9	020-X	
10	Band 10	021-8	10/04

CARD CAPTOR SAKURA ANIME-COMIC CLAMP
TB, 4c, € 8,50 [D]
1	Band 1	785-9
2	Band 2	786-7
3	Band 3	787-5
4	Band 4	788-3
5	Band 5	990-8
6	Band 6	991-6

CARD CAPTOR SAKURA CLAMP
TB, s/w, € 5,– [D]
1	Das Clow-Buch	022-6
2	Familienbande	023-4
3	Die neue Lehrerin	024-2
4	Die Mutprobe	025-0
5	Die Theateraufführung	026-9
6	Die letzte Karte	027-7
7	Eine neue Herausforderung	028-5
8	Der Valentinstag	029-3
9	Sakuras Großvater	030-7
10	Liebeskummer	031-5
11	Eriol & Fujitaka	032-3
12	Große Gefühle	034-X
	incl. Schuber €10,–	033-1

CARD CAPTOR SAKURA EINZELTITEL CLAMP
HC, 4c, € 25,– [D]
1	Artbook 1	035-8
2	Artbook 2	036-6
3	Artbook 3	037-4

HC, 4c, € 30,20 [D]
4	Clow Card Box	045-5

TB, 4c, € 9,50 [D]
5	Tarot-Buch	038-2

CHOBITS CLAMP
TB, s/w € 6,50 [D]
1	Band 1	516-3	
2	Band 2	517-1	
3	Band 3	518-X	
4	Band 4	519-8	
5	Band 5	520-1	
6	Band 6	521-X	11/04
7	Band 7	3-7704-6108-8	03/05

CHOBITS EINZELTITEL CLAMP
HC, 4c, € 18,– [D] 3-7704...
1	Artbook	6107-X	11/04

'CAUSE I LOVE YOU CLAMP
TB, s/w € 5,– [D] 3-7704...
1	Band 1	6012-X	
2	Band 2	6013-8	10/04
3	Band 3	6014-6	01/05

CITY HUNTER Tsukasa
TB, s/w, € 4,99 [D]
1	Ein hübscher Partner	046-3
2	Die Falle des Generals	047-1
3	Panik beim Dreh	048-X
4	Das Pendel des Schicksals	049-8
5	Einer von Tausend	050-1
6	Die melancholische Spielerin	051-x
7	Liebe macht blind	052-8
8	Das Lächeln eines Engels	053-6
9	Strand der Erinnerung	054-4
10	Hände weg von der Krankenschwester	055-2

CLAMPs WONDERWORLD CLAMP
Sonderausgabe:
	Schuber und Brett	3-7704-2963-X	11/04

SC, 4c € 16,50 [D] 3-7704...
1	Band 1	2951-6	11/04
2	Band 2	2952-4	12/04
3	Band 3	2953-2	02/05

CONAN Aoyama
TB, s/w € 5,– [D]
1	Band 1	382-9	
2	Band 2	383-7	
3	Band 3	384-5	
4	Band 4	385-3	
5	Band 5	386-1	
6	Band 6	387-X	
7	Band 7	388-8	
8	Band 8	389-6	
9	Band 9	390-X	
10	Band 10	391-8	
11	Band 11	392-6	
12	Band 12	393-4	
13	Band 13	394-2	
14	Band 14	395-0	
15	Band 15	396-9	
16	Band 16	397-7	
17	Band 17	398-5	
18	Band 18	399-3	
19	Band 19	400-0	
20	Band 20	401-9	
21	Band 21	402-7	
22	Band 22	403-5	
23	Band 23	404-3	
24	Band 24	405-1	
25	Band 25	406-X	
26	Band 26	407-8	
27	Band 27	408-6	
28	Band 28	409-4	
29	Band 29	410-8	
30	Band 30	411-6	09/04
31	Band 31	3-7704-6123-1	10/04
32	Band 32	3-7704-6124-X	11/04
33	Band 33	3-7704-6125-8	12/04
34	Band 34	3-7704-6126-6	01/05
35	Band 35	3-7704-6127-4	02/05
36	Band 36	3-7704-6128-2	03/05

COWBOY BEBOP Nanten
TB, s/w € 5,– [D]
1	Band 1	561-9	
2	Band 2	562-7	
3	Band 3	563-5	

DARK WATER Meimu
TB, s/w € 6,50 [D]
one-shot 3-7704...
1	Band 1	6120-7	02/05

THE DAY OF REVOLUTION Tsuda
TB, s/w € 6,50 [D] 3-7704...
1	Band 1	6000-6	
2	Band 2	6001-4	09/04

DERBY STALLION BREEDERS' BATTLE Ochi
TB, s/w € 5,– [D]
1	Band 1	782-4
2	Band 2	783-2
3	Band 3	783-2

THE DEVIL CHILDREN Fujii
TB, s/w € 5,– [D] 3-7704...
1	Band 1	6133-9	01/05
2	Band 2	6134-7	03/05

DIGI CHARAT Koge-Donbo
TB, s/w € 5,– [D] 3-7704...
1	Band 1	6002-2	
2	Band 2	6003-0	
3	Band 3	6004-9	10/04
4	Band 4	6005-7	12/04

DREAM SAGA Tachikawa
TB, s/w € 5,– [D]
1	Band 1	504-X
2	Band 2	505-8
3	Band 3	506-6
4	Band 4	507-4
5	Band 5	508-2

EAGLE Kawaguchi
TB, s/w € 6,50 [D]
1	Band 1	570-8	
2	Band 2	571-6	
3	Band 3	572-4	
4	Band 4	573-2	
5	Band 5	574-0	
6	Band 6	575-9	
7	Band 7	576-7	
8	Band 8	577-5	
9	Band 9	578-3	
10	Band 10	579-1	09/04
11	Band 11	580-5	01/05

EDEN Endo
TB, s/w, € 6,10 [D]
1	Band 1	099-4	
2	Band 2	100-1	
3	Band 3 € 4,99	101-X	
4	Band 4 € 4,99	102-8	
5	Band 5	103-6	
6	Band 6	104-4	
7	Band 7	105-2	
8	Band 8	106-0	
9	Band 9	107-9	12/04

ENDO SHORT STORIES Endo
TB, s/w € 6,50 [D]
1	Band 1	704-2
2	Band 2	705-0

EXAXXION Sonoda
TB, s/w, € 4,99 [D]
1. Band 1 108-7
2. Band 2 109-5
3. Band 3 110-9
4. Band 4 111-7
5. Band 5 112-5
6. Band 6 113-3   10/04

FULLMOON WO SAGASHITE Tanemura
TB, s/w, € 5,- [D]
1. Band 1 877-4
2. Band 2 878-2
3. Band 3 879-0
4. Band 4 880-4   09/04
5. Band 5 3-7704-6137-1   12/04
6. Band 6 .... 3-7704-6138-X   03/05

FUSHIGI YUUGI Watase
TB, s/w, € 5,- [D]
1. Das Mädchen aus der Legende 412-4
2. Das wundersame Spiel 413-2
3. Der unsichtbare Feind 414-0
4. Umarmte Illusion 415-9
5. Klänge der Begegnung 416-7
6. Melodie des Verrats 417-5
7. Verbotene Liebe 418-3
8. Unbekannte Gefilde 419-1
9. Das Tal der Tränen 420-5
10. Gefälschte Erinnerung 421-3
11. Trauriges Schicksal 422-1
12. Ein unverzeihlicher Fehler 423-X
13. Hochzeitsglocken 424-8
14. Das geöffnete Tor 425-6
15. Der dämonische Junge 426-4
16. Die zerbrochene Uhr 427-2
17. Der leere Spiegel 428-0
18. Das letze Gefecht 429-9

FUYUMI SORYO SHORT STORIES Soryo
TB, s/w, € 5,- [D]   3-7704...
1. Band 1 6025-1
2. Band 2 6026-3   11/04

GALS! Fujii
TB, s/w, € 5,- [D]   3-7704...
1. Band 1 .... 6141-X   02/05

GASH! Raiku
TB, s/w, € 5,- [D]   3-7704...
1. Band 1 6144-4   11/04
2. Band 2 6145-2   02/05

GET BACKERS Aoki/Ayamine
TB, s/w, € 5,- [D]
1. Band 1 945-2
2. Band 2 946-0
3. Band 3 947-9   09/04
4. Band 4 948-7   12/04
5. Band 5 949-5   03/05

GOKINJO MONOGATARI Yazawa
TB, s/w, € 5,- [D]   3-7704...
1. Band 1 6189-4   03/05

GO! VIRGINAL Aqua
TB, s/w, € 5,- [D]   3-7704...
1. Band 1 6151-7   03/05

GHOST IN THE SHELL Shirow
SC, € 10,- [D]
1. Der Schrottdschungel 115-X
2. Die Robot-Rebellion 116-8
3. Brain-Drain 117-6

GHOST IN THE SHELL II Shirow
SC, s/w /4c, € 18,- [D]
Manmachine Interface 500-7

GOTH Oiwa/Otsuichi
TB, s/w, € 6,50 [D]   3-7704...
one-shot
1. Band 1 6029-4

GTO Fujisawa
TB, s/w, € 5,- [D]
1. Band 1 357-8
2. Band 2 358-6
3. Band 3 359-4
4. Band 4 360-8
5. Band 5 361-6
6. Band 6 362-4
7. Band 7 363-2
8. Band 8 364-0
9. Band 9 365-9
10. Band 10 366-7
11. Band 11 367-5
12. Band 12 368-3
13. Band 13 369-1
14. Band 14 370-5
15. Band 15 371-3   10/04
16. Band 16 372-1   12/04
17. Band 17 .... 373-X   02/05

GUN BLAZE WEST Watsuki
TB, s/w, € 5,- [D]
1. Band 1 757-3
2. Band 2 758-1
3. Band 3 .... 759-X

GUNDAM WING Kazuhisa
SC, s/w, € 4,99 [D]
1. Band 1 337-3
2. Band 2 338-1
3. Band 3 .... 339-X
4. Band 4 340-3
5. Band 5 341-1
6. Band 6 .... 342-X

GUNDAM WING EINZELTITEL Kazuhisa
SC, 4c, € 18,- [D]
Artbook 564-3

HOSHIN ENGI Fujisaki
TB, s/w, € 5,- [D]
1. Band 1 818-9
2. Band 2 819-7
3. Band 3 820-0
4. Band 4 821-9
5. Band 5 822-7
6. Band 6 823-5
7. Band 7 824-3
8. Band 8 825-1   09/04
9. Band 9 .... 826-X   11/04
10. Band 10 827-8   01/05
11. Band 11 828-6   03/05

IMADOKI Watase
TB, s/w, € 5,- [D] 3-7704...
1	Band 1	6152-2	09/04
2	Band 2	6153-3	11/04
3	Band 3	6154-1	01/05
4	Band 4	6155-X	03/05

INU YASHA Takahashi
TB, s/w, € 5,- [D]
1	Band 1	523-6	
2	Band 2	524-4	
3	Band 3	525-2	
4	Band 4	526-0	
5	Band 5	527-9	
6	Band 6	528-7	
7	Band 7	529-5	
8	Band 8	530-9	
9	Band 9	531-7	
10	Band 10	532-5	
11	Band 11	533-3	
12	Band 12	534-1	
13	Band 13	535-X	
14	Band 14	536-8	
15	Band 15	537-6	
16	Band 16	538-4	
17	Band 17	539-2	
18	Band 18	540-6	
19	Band 19	541-4	09/04
20	Band 20	542-2	10/04
21	Band 21	543-0	11/04
22	Band 22	544-9	12/04
23	Band 23	545-7	01/05
24	Band 24	546-5	02/05
25	Band 25	547-3	03/05

I*O*N Tanemura
TB, s/w, € 5,- [D], one-shot
| 1 | Band 1 | 789-1 |

JAPANISCH MIT MANGA Bernabé
SC, s/w, € 22,- [D]
| 1 | Band 1 | 920-7 |

JUSTICE GUARDS DUKLYON CLAMP 3-7704...
TB, s/w, € 6,50 [D]
| 1 | Band 1 | 6009-X |
| 2 | Band 2 | 6010-3 |

K2 Lee
TB, s/w, € 6,50 [D]
1	Band 1	960-6	
2	Band 2	961-4	
3	Band 3	962-2	
4	Band 4	963-0	
5	Band 5	964-9	10/04

KAIKAN PHRASE Shinjo
TB, s/w, € 5,- [D] 3-7704...
1	Band 1	6156-8	11/04
2	Band 2	6157-6	01/05
3	Band 3	6158-4	03/05

"KARE" FIRST LOVE Kaho
TB, s/w, € 5,- [D] 3-7704...
| 1 | Band 1 | 6161-4 | 11/04 |

KAMIKAZE KAITO JEANNE Tanemura
TB, s/w, € 5,- [D]
1	Band 1	140-0
2	Band 2	141-9
3	Band 3	142-7
4	Band 4	143-5
5	Band 5	144-3
6	Band 6	145-1
7	Band 7	493-0
	inkl. Schuber € 10,-	146-X

KAMIKAZE KAITO JEANNE EINZELTITEL Tanemura
SC, 4c, € 18,- [D]
| | Artbook | 147-8 |

KENSHIN EINZELTITEL Watsuki
SC, s/w + 4c, € 18,- [D] 3-7704...
| | Kenshin KADEN | 6028-6 |

KENSHIN Watsuki
TB, s/w, € 5,- [D]
1	Band 1	442-6
2	Band 2	443-4
3	Band 3	444-2
4	Band 4	445-0
5	Band 5	446-9
6	Band 6	447-7
7	Band 7	448-5
8	Band 8	449-3
9	Band 9	450-7
10	Band 10	451-5
11	Band 11	452-3
12	Band 12	453-1
13	Band 13	454-X
14	Band 14	455-8
15	Band 15	456-6
16	Band 16	457-4
17	Band 17	458-2
18	Band 18	459-0
19	Band 19	460-4
20	Band 20	461-2
21	Band 21	462-0
22	Band 22	463-9
23	Band 23	464-7
24	Band 24	465-5
25	Band 25	466-3
26	Band 26	467-1
27	Band 27	468-X
28	Band 28	469-8

KINGDOM HEARTS Disney
TB, s/w, € 5,- [D] 3-7704...
| 1 | Band 1 | 6045-6 |
| 2 | Band 3 | 6045-6 |

KODOMO NO OMOCHA Obana
TB, s/w, € 5,- [D]
1	Band 1	725-5
2	Band 2	726-3
3	Band 3	727-1
4	Band 4	728-X
5	Band 5	729-8
6	Band 6	730-1
7	Band 7	731-X
8	Band 8	732-8
9	Band 9	733-6
10	Band 10	734-4

KOKORO LIBRARY Takagi/Kuroda
SC, s/w, € 9,50 [D] 3-7704...
1	Band 1	6006-5	
2	Band 2	6007-3	09/04
3	Band 3	6008-1	11/04

KUNG-FU-GIRL JULINE Kakinouchi
TB, s/w, € 5,- [D]
| 1 | Band 1 | 925-8 |

	Band	ISBN	Date
2	Band 2	926-6	
3	Band 3	927-4	
4	Band 4	928-2	09/04
5	Band 5	929-0	12/04

LEGEND OF MANA Amano
TB, s/w, € 5,– [D]

	Band	ISBN
1	Band 1	745-X
2	Band 2	746-8
3	Band 3	747-6
4	Band 4	748-4
5	Band 5	749-2

LEGEND OF THE SWORD Park
TB, s/w, € 6,50 [D]

	Band	ISBN	Date
1	Band 1	965-7	
2	Band 2	966-5	
3	Band 3	967-3	
4	Band 4	968-1	
5	Band 5	969-X	10/04
6	Band 6	970-3	12/04
7	Band 7	971-1	02/05

LILING-PO Yutenji
TB, s/w, € 6,50 [D]

	Band	ISBN
1	Band 1	737-9
2	Band 2	738-7
3	Band 3	739-5
4	Band 4	740-9
5	Band 5	741-7
6	Band 6	778-6
7	Band 7	772-7

LOVE & WAR Yoshioka/Mori
TB, s/w, € 5,– [D]   3-7704...

	Band	ISBN	Date
1	Band 1	6047-2	
2	Band 2	6048-0	09/04
3	Band 3	6049-9	11/04

LOVE HINA Akamatsu
TB, s/w, € 5,– [D]

	Band	ISBN
1	Band 1	327-6
2	Band 2	328-4
3	Band 3	329-2
4	Band 4	330-6
5	Band 5	331-4
6	Band 6	332-2
7	Band 7	333-0
8	Band 8	334-9
9	Band 9	335-7
10	Band 10	336-5
11	Band 11	774-3
12	Band 12	775-1
13	Band 13	776-X
14	Band 14	777-8

LUMEN LUNAE Ohkami
SC, s/w, € 6,50 [D]

	Band	ISBN
1	Band 1	695-X
2	Band 2	696-8
3	Band 3	697-6
4	Band 4	698-4
5	Band 5	763-8

LYTHTIS Utatane
SC, s/w, € 10,– [D]

	Band	ISBN
1	Band 1	553-8
2	Band 2	554-6

MAGISTER NEGI MAGI Akamatsu
TB, s/w, € 5,– [D]   3-7704...

	Band	ISBN	Date
1	Band 1	6162-2	11/04
2	Band 2	6163-0	01/05

MAISON IKKOKU Takahashi
TB, s/w, € 6,50 [D]

	Band	ISBN	Date
1	Band 1	790-5	
2	Band 2	791-3	
3	Band 3	792-1	
4	Band 4	793-X	
5	Band 5	812-X	
6	Band 6	813-8	
7	Band 7	814-6	
8	Band 8	815-4	
9	Band 9	816-2	
10	Band 10	817-0	10/04

MANGA POWER
TB, s/w, € 5,– [D]

	Band	ISBN
1	Band 1	600-3
2	Band 2	601-1
3	Band 3	602-X
4	Band 4	603-8
5	Band 5	604-6
6	Band 6	605-4
7	Band 7	606-9
8	Band 8	607-0
9	Band 9	608-9
10	Band 10	706-9
11	Band 11	707-7
12	Band 12	708-5
13	Band 13	709-3
14	Band 14	710-7
15	Band 15	711-5
16	Band 16	712-3
17	Band 17	713-1
18	Band 18	714-X
19	Band 19	715-8
20	Band 20	716-6
21	Band 21	717-4
22	Band 1/2004	718-2
23	Band 2/2004	719-0
24	Band 3/2004	881-2
25	Band 4/2004	882-0
26	Band 5/2004	883-9
27	Band 6/2004	884-7
28	Band 7/2004	885-5
29	Band 8/2004	886-3
30	Band 9/2004	887-1

MANGA TWISTER
TB, s/w, € 5,– [D]

	Band	ISBN	Date
1	Band 1	950-9	
2	Band 2	951-7	
3	Band 3	952-5	
4	Band 4	953-3	
5	Band 5	954-1	
6	Band 6	955-X	
7	Band 7	956-8	
8	Band 8	957-6	
9	Band 9	958-4	
10	Band 10	959-2	
11	Band 11	3-7704-6030-8	
12	Band 12	3-7704-6031-6	09/04
13	Band 13	3-7704-6032-4	10/04
14	Band 14	3-7704-6033-2	11/04
15	Band 15	3-7704-6034-0	12/04
16	Band 16	3-7704-6035-9	01/04
17	Band 17	3-7704-6036-7	02/04
18	Band 18	3-7704-6037-5	03/04

MARIE & ELIE Bros. Comics
TB, s/w, € 5,– [D]

	Band	ISBN
1	Band 1	651-8
2	Band 2	652-6
3	Band 3	653-4
4	Band 4	654-2
5	Band 5	655-0

MARMALADE BOY Yoshizumi
TB, s/w, € 5,– [D]

1	Band 1	900-2	
2	Band 2	901-0	
3	Band 3	902-9	
4	Band 4	903-7	
5	Band 5	904-5	
6	Band 6	905-3	09/04
7	Band 7	906-1	11/04
8	Band 8	907-X	01/05

MODEL Lee
TB, s/w, € 6,50 [D]

1	Band 1	980-0	
2	Band 2	981-9	10/04
3	Band 3	982-8	12/04
4	Band 4	983-5	02/05

MON-STAR ATTACK DuO
TB, s/w, € 5,– [D]   3-7704-...

1	Band 1	6164-9	12/04

MONSTER Uraswa
TB, s/w, € 6,50 [D]

1	Band 1	680-1	
2	Band 2	681-X	
3	Band 3	682-8	
4	Band 4	683-6	
5	Band 5	684-4	
6	Band 6	685-2	
7	Band 7	686-0	
8	Band 8	687-9	
9	Band 9	688-7	
10	Band 10	689-5	
11	Band 11	690-9	09/04
12	Band 12	961-7	12/04
13	Band 13	692-5	03/05

MOUSE Akahori
TB, s/w, € 6,50 [D]   3-7704-...

1	Band 1	6167-3	13/05

MERMAID SAGA Takahashi
TB, s/w, € 4,99 [D]

1	Band 1	323-3	
2	Band 2	324-1	
3	Band 3	325-X	
4	Band 4	326-8	

NANA Yazawa
TB, s/w, € 5,– [D]   3-7704-...

1	Band 1	6170-3	02/05

NARU TARU Kitoh
TB, s/w, € 6,10 [D]

1	Band 1	148-6	
2	Band 2	149-4	
3	Band 3	150-8	
4	Band 4	151-6	
5	Band 5	152-4	
6	Band 6	153-2	
7	Band 7	154-0	
8	Band 8	155-9	
9	Band 9	156-7	
10	Band 10	157-5	10/04

NOISE Nihei
TB, s/w, € 6,50 [D] one-shot

1	Band 1	924-X	

OH! MY GODDESS Fujishima
TB, s/w, € 5,– [D]

1	Falsch verbunden	158-3	
2	Ah! Meine große Schwester	159-1	
3	Ein echtes Wunder	160-5	
4	Schlechte Tage für Dämonen	161-3	
5	Nichts als Ärger	162-1	
6	Urd und der Junge	163-x	
7	Rache ist süß	164-8	
8	Der Ninja-Meister	165-6	
9	Das Gesetz des Ninja	166-4	
10	Das Spiel	167-2	
11	Der Kampf um Urd	168-0	
12	Keiichi und die Frauen	169-9	
13	Das Ende der Kindheit	170-2	
14	Königin Sayoko	171-0	
15	Körper und Geist	172-9	
16	Die Rückkehr der 4. Göttin	173-7	
17	Licht und Schatten	174-5	
18	Göttin ohne Lizenz	175-3	
19	Wege zum Sieg	176-1	
20	Ultimative Magie	177-X	
21	Eine Göttin vergisst nie	178-8	
22	Die Allianz	179-6	
23	Unerwarteter Besuch	180-X	
24	Die lange Reise	181-8	
25	Engel ohne Flügel	182-6	
26	Im Herzen eines Engels	183-4	
27	Band 27	184-2	01/05

OH! MY GODDESS ANIME COMIC Fujishima
TB, 4c, € 6,60 [D]

1	Moonlight and Cherry Blossoms	190-7	
2	Midsummer Night's Dream	191-5	
3	Burning Hearts on the Road	192-3	
4	Evergreen Holy Night	193-1	
5	For the Love of Goddess	194-X	

OH! MY GODDESS EINZELTITEL
Fujishima
SC, 4c € 18,– [D]

	Artbook	753-0

ONE POUND GOSPEL Takahashi
TB, s/w, € 5,– [D]   3-7704-...

1	Band 1	6173-8	12/04
2	Band 2	6174-6	02/05

OTHELLO Ikezawa
TB, s/w, € 5,– [D]

1	Band 1	916-9	
2	Band 2	917-7	
3	Band 3	918-5	
4	Band 4	919-3	10/04
5	Band 5	3-7704-6178-9	12/04

PEACH GIRL Ueda
TB, s/w, € 5,– [D]

1	Band 1	797-2	
2	Band 2	798-0	
3	Band 3	799-9	
4	Band 4	800-6	
5	Band 5	801-4	
6	Band 6	802-2	
7	Band 7	803-0	10/04

8	Band 8	804-9	12/04
9	Band 9	805-7	02/05

PITA TEN Koge-Donbo
TB, s/w, € 5,– [D]

1	Band 1	656-9
2	Band 2	657-7
3	Band 3	658-5
4	Band 4	659-3
5	Band 5	779-4
6	Band 6	922-3
7	Band 7	923-1
8	Band 8	992-4

PSYCHIC ACADEMY Katsuaki
TB, s/w, € 6,50 [D]

1	Band 1	910-X	
2	Band 2	911-8	
3	Band 3	912-6	
4	Band 4	913-4	
5	Band 5	914-2	
6	Band 6	3-7704-6180-0	11/04
7	Band 7	3-7704-6181-9	01/05
8	Band 8	3-7704-6182-7	03/05

RANMA 1/2 Takahashi
TB, s/w, € 5,– [D]

1	Die wunderbare Quelle	207-5
2	Der Jäger	208-3
3	Die schwarze Rose	209-1
4	Der Kuss des Todes	210-5
5	Die Katzen	211-3
6	Der Ahne	212-1
7	Die Schande	213-X
8	Romeo und Julia	214-8
9	Das blaue Band	215-6
10	Das magische Armband	216-4
11	Das wundersame Rezept	217-2
12	Narrenfreiheit	218-0
13	Happosais Rache	219-9
14	Ranmas Wiedergeburt	220-2
15	Der letzte Wunsch	221-0
16	Die letzte Wahl	222-9
17	Nabikis Falle	223-7
18	Der Dämon	224-5
19	Die Insel	225-3
20	Ryogas Sieg	226-1
21	Wie der Vater, so der Sohn	227-X
22	Ranmas Mutter	228-8
23	Krakenarme	229-6
24	Das teuflische Trio	230-X
25	Happosais Anhänger	231-8
26	Das Land der Riesen	232-6
27	Die Geistergrotte	233-4
28	Ranmas Schatten	234-2
29	Die Zwillinge	235-0
30	Schweineliebe	236-9
31	Verfluchtes Doppel	237-7
32	Die Schöne und das Biest	238-5
33	Die magischen Pilze	239-3
34	Mädchenkriege	240-7
35	Die schöne Ninja Konatsu	241-5
36	Die Riesenkrake	242-3
37	Die versiegenden Quellen	243-1
38	Hochzeitsglocken	244-X

RANMA 1/2 EINZELTITEL
Takahashi
SC, 4c, € 19,– [D]

	Artbook	755-7

RAVE Mashima
TB, s/w, € 5,– [D]

1	Band 1	930-4	
2	Band 2	931-2	
3	Band 3	932-0	
4	Band 4	933-9	10/04
5	Band 5	934-7	12/04
6	Band 6	935-5	02/04

THE RING diverse Autoren
TB, s/w, € 6,50 [D]   3-7704...

1	Band 1	6060-X	
2	Band 2	6061-8	
3	Band 3 – the Spiral	6062-6	09/04
4	Band 4	6063-4	11/04
5	Band 5	6064-2	01/05
6	Band 6	6065-0	03/05

SABER MARIONETTE J Yumisuke
TB, s/w, € 5,– [D]

1	Band 1	565-1
2	Band 2	566-X
3	Band 3	567-8
4	Band 4	568-6
5	Band 5	569-4

DIE SCHNEEPRINZESSIN CLAMP
TB, s/w, € 10,– [D]
one-shot   3-7704...

1	Band 1	6011-1	11/04

SERAPHIC FEATHER Utatane
TB, s/w, € 6,10 [D]

1	Der Kontakt	293-8
2	Die Federn des Engels	294-6
3	Das Zentrum	295-4
4	Der Anti-Engel	296-2
5	Allianzen	297-0
6	Die Geiseln	298-9
7	Attim M-Zak	299-7
8	Die Präsidenten	300-4

SERAPHIC FEATHER EINZELTITEL Utatane
Schuber: 1 Buch 4c,
1 Buch s/w; € 35,30 [D]

	Artbook	472-8

SHAMO Hashimoto/Tanaka
TB, s/w, € 6,50 [D]

1	Band 1	639-9	
2	Band 2	640-2	
3	Band 3	641-0	
4	Band 4	642-9	
5	Band 5	643-7	
6	Band 6	644-5	
7	Band 7	645-3	
8	Band 8	646-1	
9	Band 9	647-X	
10	Band 10	648-8	
11	Band 11	649-6	10/04
12	Band 12	650-X	01/05

SHOJO-MANGA – SELBST GEZEICHNET Nakasato/Mizuki
SC, s/w, € 18,– [D]
one-shot   3-7704...

1	Band 1	6082-0	03/05

SQUIB FEELING BLUE Tanemura
TB, s/w, € 5,– [D] one-shot
| 1 | Band 1 | 915-0 |

STIGMA Kazuya
SC, 4c, €13,– [D] one-shot
| 1 | Band 1 | 721-2 |

SUBARU Masahito
TB, s/w, € 6,50 [D]
1	Band 1	840-5	
2	Band 2	841-3	
3	Band 3	842-1	
4	Band 4	843-X	
5	Band 5	844-8	
6	Band 6	845-6	
7	Band 7	846-4	11/04
8	Band 8	847-2	02/05

TIME STRANGER KYOKO
Tanemura
TB, s/w, € 5,– [D]
1	Band 1	742-5
2	Band 2	743-3
3	Band 3	744-1

TSUBASA CLAMP
TB, s/w, € 5,– [D]   3-7704...
| 1 | Band 1 | 6088-X | 09/04 |
| 2 | Band 2 | 6089-8 | 01/05 |

UNDER THE GLASSMOON Yasung
TB, s/w, € 10,– [D]
| 1 | Band 1 | 765-4 |
| 2 | Band 2 | 766-2 |

VAGABOND Inoue
TB, s/w, € 6,50 [D]
1	Band 1	660-7	
2	Band 2	661-5	
3	Band 3	662-3	
4	Band 4	663-1	
5	Band 5	664-X	
6	Band 6	665-8	
7	Band 7	666-6	
8	Band 8	667-4	
9	Band 9	668-2	
10	Band 10	669-0	
11	Band 11	670-4	
12	Band 12	671-2	
13	Band 13	985-1	
14	Band 14	986-X	
15	Band 15	987-8	10/04
16	Band 16	3-7704-6092-8	12/04
17	Band 17	3-7704-6093-6	02/05

VIRGIN CRISIS Shinjo
TB, s/w, € 6,50 [D]   3-7704...
1	Band 1	6114-2	09/04
2	Band 2	6115-0	11/04
3	Band 3	6116-9	01/05
4	Band 4	6117-7	03/05

WEISS KREUZ Tsuchiya
TB, s/w, mit Farbseiten, € 10,– [D]
1	Band 1	377-2
2	Band 2	378-0
3	Postkartenbuch €10,–	492-2

WEISS SIDE B Ohmine/Koyasu
TB, s/w, € 6,50 [D]   3-7704...
| 1 | Band 1 | 6059-6 | |
| 2 | Band 2 | 6146-0 | 01/05 |

WITHOUT IDENTITY Utopian Artists
TB, s/w, € 6,50 [D]
| 1 | Band 1 | 677-1 |
| 2 | Band 2 | 678-X |

XXXHOLIC CLAMP
TB, s/w, € 6,50 [D]   3-7704...
| 1 | Band 1 | 6078-2 | 12/04 |
| 2 | Band 2 | 6079-0 | 03/05 |

YAKITATE!! JAPAN Hashiguchi
TB, s/w, € 5,– [D]   3-7704...
| 1 | Band 1 | 6183-5 | 03/05 |

DVDs

RANMA DVD
Synchro + Original mit dt. Untertiteln,
€ 25,– [D]
| 1 | Vol. 1 | 770-0 |
| 2 | Vol. 2 | 771-9 |

LOVE HINA DVD
Synchro + Original mit dt. Untertiteln,
€ 25,– [D]
1	Vol. 1	870-7
2	Vol. 2	871-5
3	Vol. 3	872-3
4	Vol. 4	873-1
5	Vol. 5	874-X
6	Vol. 6	875-8
7	Vol. 7	977-0
8	Vol. 8	978-9
9	Vol. 9	979-7

OH! MY GODDESS DVD
Synchro + Original mit dt. Untertiteln,
€ 25,– [D]
1	Vol. 1	767-0
2	Vol. 2	768-9
3	Vol. 3	769-7

WEISS KREUZ DVD
Original mit dt. Untertiteln,
€ 25,– [D]
1	Vol. 1	494-9
2	Vol. 2	495-7
3	Vol. 3	496-5
4	Vol. 4	497-3
5	Vol. 5	498-1

EMA NOVELs

FUSHIG YUUGI
mit Illustrationen von Yuu Watase
SC, s/w, € 8,90 [D]   3-8025...
1	Genrou der Bergräuber	3340-2	
2	Houjouns Weg	3341-0	
3	Die Legende der Yukiyasha	3426-3	09/04
4	Die Sternschnuppe	3427-1	09/04

GHOST IN THE SHELL
SC, s/w, € 9,90 [D]   3-8025...
| 1 | Brennende Stadt | 3428-X | 09/04 |
| 2 | Cyber Star | 3429-8 | 11/04 |

FZZ

HUCH?!

HURRA! MAHLZEIT!

SEI STILL!

STROMAUSFALL?!

FORTSETZUNG IN BAND 3

UND DENNOCH MACHE ICH DIESEN JOB.

DU WEISST SELBST AM ALLERBESTEN, DASS DU NICHT ZWISCHEN PRIVAT UND ARBEIT TRENNEN KANNST.

ABER ICH WERDE ...

... ES DIESES MAL BIS ZUM ENDE DURCHZIEHEN!

FERTIIIG!

TREFFT EUCH NICHT MIT MEINEM GESCHÄFTSPARTNER.

BRUTZEL

HIER, EIN BECHER...

ICH TRAGE DIE VERANTWORTUNG!

SAG DAS NICHT MIR. ES LIEGT NICHT IN MEINER MACHT.

BRUTZEL

DU KANNST DOCH AM ALLERWENIGSTEN DEINE GEFÜHLE BEI DER ARBEIT UNTERDRÜCKEN.

| NA, ALLES KLAR? | | SORRY FÜRS WARTEN! |

| JA. DANKE! | SIND DAS DIE RICHTIGEN TELLER? |

ICH PASSE AUF DAS FEUER AUF.

BRUTZEL

WAS MACHT IHR EIGENTLICH HIER?

BRUTZEL

OB ES IHM NICHT LÄSTIG IST, DASS ICH IHM GESAGT HABE, ICH HÄTTE IHN GERNE?

ABER DASS ER ZUM ESSEN KOMMT, KANN JA NUR HEISSEN, DASS ER MICH ZUMINDEST NICHT HASST.

WIE DENKT HERR ASOU WOHL DARÜBER, DASS ICH IHM GESAGT HABE, ICH HÄTTE IHN GERN?

DAS WÄRE SCHÖN.

WAS DENN?

JAAA!

NA, KOMM SCHON!

HE-HE-HE

ICH HABE EINEN MOMENT GEHOFFT, ER WÜRDE MICH WIE EINST BEI DER GARTENARBEIT RÜBERHEBEN...

TAPP TAPP TAPP

HUPF

ICH DENKE, DAMIT WÜRDE MAN SOFORT WACH WERDEN KÖNNEN!

ZEIGEN SIE MIR DOCH NÄCHSTES MAL IHREN WECKER!

ABER IRGENDWIE HÖRTE SICH DIESES GERÄUSCH EHER AN...

... WIE EINE ALARMANLAGE ...

NÄCHSTES MAL...

...NÄCHSTES MAL...

HÜPF

WIE UM-STÄND-LICH.

ICH MUSS DIE LAUT-STÄRKE SO EINSTELLEN, DASS MAN SIE VON DRAUSSEN NICHT HÖRT...

BAMM

ES MACHT KEINEN SINN, WENN SIE DAVON WIND BE-KOMMT.

PUH

ACH SO.

DAS EBEN WAR MEIN WECKER.

ICH HABE EIN NICKERCHEN GEMACHT.

DIESES BIEPEN KOMMT ALSO VON IHREM HAUS...

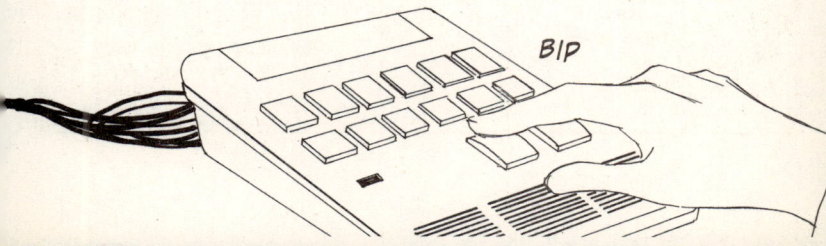

BIIIIEP

SCHLUCK

ÄH...

WAS DENN?

BIIIIEP

DU WARST DAS?!

BIII

SLASH

TRAPP TRAPP

B

WAS IST DAS DENN FÜR EIN GERÄUSCH? ICH HABE ES GEHÖRT, ALS ICH ÜBER IHREN ZAUN GESTIEGEN BIN.

KLICK

BIP

HERR ASOU!

B...

BAMM

ABER DA SIE NICHT GEANTWORTET HABEN, DACHTE ICH, SIE WÄREN NICHT DA.

UND WOLLTE IHNEN EINE NACHRICHT HINTERLASSEN.

ICH WOLLTE SIE ZUM ABENDESSEN RUFEN.

WAS MACHST DU DENN HIER?

ABER WOHER KOMMT DAS?

BIIIIEP

IST DAS NICHT IRGEND EIN "BIIIEP"?

BIIIEP

B—————

B—————

JEMAND IST ÜBER IHREN ZAUN IM GARTEN GEKLETTERT?!

BIIIEP

HÄM?

ABEND-ESSEN IST FERTIG!

HERR LEHRER!

OB ER NICHT DA IST?

ICH HABE IHM DOCH GESAGT, ESSEN GIBT'S UM SECHS.

WAS TUN?

WENN ER NICHT DA IST, WERDE ICH IHM WIE DER KLEINE BÄR EINE NACHRICHT HINTERLASSEN.

GUT, ICH WERDE MAL NACH IHM SCHAUEN!

BIIIIEP

WAS?

TONK

ICH MAG SIE, HERR ASOU.

DIE PERSON, DIE ICH AM MEISTEN MAG, SIND SIE.

ES HAT DOCH GAR KEINEN SINN, MICH ZU MÖGEN.

ICH BIN NICHT DER GUTE LEHRER, FÜR DEN DU MICH HÄLTST.

DIESE IDIOTEN!

ICH SAGTE IHNEN DOCH, SIE SOLLEN SICH RAUSHALTEN!

BRUTZEL

FERTIG!

HERR ASOU, ICH HOLE SIE, JETZT GLEICH! ÜBER DEN HINTERHOF GEHT ES SCHNELLER...

HERR KIZU, KÖNNTEN SIE AUF DEN HERD AUFPASSEN?

ICH HOLE HERRN ASOU RÜBER!

KLAR.

SSZ

SHIRO IST GAR NICHT GUT DRAUF, HINA-CHAN ABER UMSO MEHR. AUCH WENN SHIRO SAUER IST, HINA-CHAN FREUT SICH SEHR.

TOMO-KUN, HERR KIZU, HIER LANG!

JA!

ICH KANN ZWAR VERSTEHEN, DASS ER WEGEN *DIESER* SACHE AUF DIESEN JOB BESTEHT...

DESWEGEN KANN SHIRO DIESEN JOB NICHT MACHEN.

DESWEGEN IST SIE UNSERE VERBÜNDETE.

ICH DENKE, HINA-CHAN KANN SHIRO HELFEN.

HINA MAG ANGEBLICH SHIRO SEHR GERN.

"AM MEISTEN AUF DER GANZEN WELT".

ES GIBT SO VIELE FONDUES. WAS MAG ICH AM LIEBSTEN? MIT MUSCHELN, MIT KOHL, MIT BRÜHE ODER SOJAPASTE, NEIN, ES GIBT NOCH MEHR!

HÜPF HÜPF

... HINA IST EIN LIEBES MÄDCHEN.

DAS GEFÄLLT MIR ÜBERHAUPT NICHT...

HERR ASOU, TOMO-KUN, HERR KIZU... ZU VIERT KANN MAN TOLL FONDUE MACHEN!

MAN KANN VIEL GEMÜSE HINEINTUN. MIT DER RESTLICHEN BRÜHE KANN MAN AUCH LECKER NUDELN KOCHEN!

TRALLALA TRALLALA

JUHUU! FONDUE MIT SO VIELEN FREUNDEN IST ECHT SUPERCOOL!

OB DAS SO KLUG WAR...?

WAS DENN?

TRALLA-LALLA-LA! TRALLA-LA!

DAS WIRD ER.

ASOU WIRD SAUER SEIN.

?

NEIN.
ER WIRD GLEICH DA SEIN.

DREH

HERR KIZU!

ABER IST HERR KIZU NICHT SEHR BESCHÄFTIGT?

NATÜRLICH WÜRDE ICH MICH DARÜBER FREUEN.

MÖCHTEST DU GERNE, DASS ER DABEI IST?

KIZU? KOMM BITTE HER.

PIEP TUUT

DAS GEHT SCHON KLAR.

WAS? DAS WAR'S? MÜSSEN SIE IHM NICHT SAGEN, WO UND WANN?

BRZ

VIELEN DANK!
KLING KLONG
TONK
DANKE FÜR DIE EINLADUNG!
DEIN HONORAR FÜR BAND 2.
RECHT HERZLICHEN DANK!
BITTE SCHÖN!
ICH KOMME MIT ZUM EINKAUFEN.
DANKE!
IST JA AUCH SCHÖNER, UM ZU ZWEIT EINZUKAUFEN. DIE TASCHEN KANN MAN JA DANN ZUSAMMEN TRAGEN.
HEUTE GIBT ES GEMÜSEFONDUE!
DAS WÄRMT UND MACHT SATT!
ZU WIE VIELEN SIND WIR DENN?
ES WÄRE SCHÖN, WENN HERR KIZU AUCH MITKÄME.
IST JA SCHLIESSLICH EIN FONDUE!

ABER...
SIE MÜSSEN JA BESTIMMT NOCH ARBEITEN, NICHT?!
SIE SIND JA SCHRIFTSTELLER.
KEINE ANGST, DAS GEHT SCHON IN ORDNUNG.
DAS HEISST, SIE KOMMEN ZUM ESSEN?!
WENN ES DIR NICHTS AUSMACHT.
YEAAAAHHHH!

HE-HE-HE

ACH, ICH DACHTE, DU BIST JA EINE GANZ LIEBE...

WIE BITTE?

ALS DANKESCHÖN FÜR DIESES BUCH!

WOLLEN SIE NICHT HEUTE ABEND MIT UNS ESSEN?

ICH WOLLTE ABER UNBEDINGT "LIEBHABEN 2" HABEN. OH JA!

LIEBHABEN 2
Bild & Text: Tomo

ICH WAR AUF DEM WEG ZUM EINKAUFEN, FÜR DAS ABENDESSEN.

ICH MAG IHN SUPER-GERNE!!!

ICH MAG HERRN ASOU IM AUGENBLICK AM MEISTEN AUF DER GANZEN WELT.

ICH GLAUBE FAST, WENN ÜBERHAUPT...

... DANN KANNST NUR DU IHN VERÄNDERN.

ICH MAG HERR ASOU NÄMLICH SEHR GERNE.

HE- HE- HE

...SHIRO?

ABER VIELE DINGE NICHT ZU WISSEN HEISST JA...
... MAN KANN VON NUN AN VIELE DINGE KENNEN LERNEN, NICHT?
DA HAST DU SICHER RECHT.
MÖCHTEST DU MEHR ÜBER SHIRO ERFAHREN?
JA!

ZIEMLICH OFT SOGAR.

HERR ASOU REAGIERT AUCH MAL BELEIDIGT?

ICH BIN NUR EINE KURZE ZEIT MIT HERRN ASOU ZUSAMMEN...

... DESWEGEN KENNE ICH IHN KAUM.

SIE KENNEN HERRN ASOU SO GUT.

HABEN SIE'S GUT!

ICH? WIESO DENN?

JETZT HABE ICH ZWEI BÜCHER!

FREU FREU

HIER, BITTE.

SUPIII!

KANN ICH MEINS HERRN ASOU SCHENKEN?

ER IST SO SCHNELL BELEIDIGT...
...DER GUTE.

MÜSSEN WIR ES HERRN ASOU VERHEIMLICHEN?

ÖH!

HM... DAS IST ETWAS...

— GEHT DAS?

— BITTE SIGNIEREN SIE MIR DIESES BUCH MIT "HINA-CHAN". UND EIN AUTOGRAMM DAZU BITTE.

— WAS DENN?

— OH, DANN HABE ICH EINE BITTE.

WAS?

— ECHT?

— NEIN, ÄHM... ICH HABE NOCH NIE AUTOGRAMME GEGEBEN.

— GEHT DAS NICHT?

— ... EIN AUTOGRAMM...?

— "HINA-CHAN"... KANN ICH JA SCHREIBEN, ABER...

— NA JA, DAS KANN ICH MACHEN.

— DANN SCHREIBEN SIE DOCH BITTE: "FÜR HINA-CHAN, VON TOMO-KUN"

— SO IST DAS ALSO!

— UND NOCH KEINE AUTOGRAMMSTUNDE GEHALTEN.

... ABER ICH KONNTE ES NICHT BIS ZU HAUSE AUSHALTEN UND HABE ES GLEICH AUFGEMACHT UND GELESEN!

ICH HABE ES VORHIN IM BÜCHERLADEN GEKAUFT ...

WENN ES DIR NICHTS AUSMACHT, WÜRDEST DU ES TROTZDEM ANNEHMEN?

EEECHT?

ICH WOLLTE ES DIR SCHENKEN UND HABE ES EXTRA MITGENOMMEN, ABER...

HIER

DANN WAR ICH JA ZU SPÄT...

HURRAAA!

DAS GEHÖRT SCHLIESSLICH DIR, HINA-CHAN.

LIEBHABEN 2
Bild & Text: Tomo

WAS? WIRKLICH?!

TOMO-KUN!

WAS MACHST DU DENN HIER?

ZACK

ICH HABE DAS HIER GELESEN!

TRAPP TRAPP

LIEBHABEN 2
Bild & Text: Tomo

DER KLEINE BÄR UND DER GROSSE BÄR!

DAS IST JA WIRKLICH WIE BEI MIR UND HERRN ASOU!

DRUCK

LIEBHABEN 2
Bild & T

HINA-CHAN!

DER BÄR SAGT ES ZWAR NICHT, ABER ER IST GEKOMMEN, UM DEN KLEINEN BÄREN ZU RETTEN.

"DER GROSSE BÄR IST GAR KEIN SCHLECHTER BÄR, WIE ANDERE BEHAUPTEN. ER IST EIN GANZ LIEBER BÄR."

DER KLEINE BÄR IST JETZT SEHR GLÜCKLICH.

UND HOFFT VON GANZEM HERZEN, DASS DER GROSSE BÄR MIT DER BRILLE DIE VIELEN TRAUBEN ISST, DIE ER HEUTE FÜR IHN IM WALD GEPFLÜCKT HAT.

FORTSETZUNG FOLGT

NACHDEM SIE EINE ZEIT LANG DURCH DEN WALD GELAUFEN SIND, DREHT SICH DER KLEINE BÄR UM UND SIEHT, DASS GAR KEINE RABEN MEHR HINTER IHNEN HER SIND.

SEUFZEND SAGT DER GROSSE ZU DEM KLEINEN BÄREN: "IM WESTWALD GIBT ES VIELE RABEN. WENN EIN KLEINER BÄR WIE DU ALLEINE DORT HINGEHT, WIRD ER LEICHT ZUM ABENDESSEN FÜR DIE RABEN!"

ER SCHEINT SEHR WÜTEND ZU SEIN. DER KLEINE BÄR ENTSCHULDIGT SICH: "ES TUT MIR LEID... ABER, WARUM BIST DU DENN IM WESTWALD GEWESEN?"

DER BÄR ANTWORTET NICHT. DER KLEINE BÄR ABER SAGT ERFREUT: "VIELLEICHT HAST DU MEINE BOTSCHAFT AN DEINER TÜR GELESEN UND BIST HIERHER GEKOMMEN?"

"WIR GEHEN NACH HAUSE", SAGT DER GROSSE BÄR UND GEHT LOS IN RICHTUNG DORF. DER KLEINE BÄR SIEHT ZU IHM HOCH UND FREUT SICH SEHR.

NOCH NIE HAT DER KLEINE BÄR AUCH SO VIELE RABEN AUF EINMAL GESEHEN. DER KLEINE BÄR WILL ZUNÄCHST DIE RABEN BEGRÜSSEN: "GU-GUTEN TAG." UND VERNEIGT SICH DABEI. ABER DIE RABEN SPRECHEN KEIN WORT.

"OB DIE RABEN SICH ANDERS BEGRÜSSEN ALS BÄREN?"

WÄHREND DER KLEINE BÄR DARÜBER NACHDENKT, FLATTERT AUF EINMAL DIE RABENSCHAR AUF UND STÖSST AUF DEN BÄREN HERAB.

"WAS? WAS IST LOS?"

DER KLEINE BÄR WEISS NICHT, WAS PASSIERT UND ERSTARRT VOR SCHRECK.
"DU DUMMERCHEN!" SAGT PLÖTZLICH JEMAND UND ZERRT DEN KLEINEN BÄR FORT. ERSTAUNT SCHAUT DER KLEINE BÄR AUF UND SIEHT DEN GROSSEN BÄREN.
"DER BÄR MIT DER BRILLE?"
DER KLEINE BÄR WEISS NICHT, WARUM DER GROSSE BÄR HIER IST. ER WILL DANACH FRAGEN, ABER DER GROSSE BÄR SCHIMPFT "PASS BESSER AUF DICH AUF! SONST WIRST DU VON DEN RABEN GEFRESSEN!"
UND ZIEHT DEN KLEINEN BÄREN MIT SICH UND LÄUFT WEITER. DER KLEINE BÄR WEISS NICHT, WIE IHM GESCHIEHT, UND RENNT MIT DEM GROSSEN BÄREN MIT, SO SCHNELL ER KANN.

DER KLEINE BÄR GEHT IMMER
WEITER UND WEITER UND END-
LICH FINDET ER EINEN GROSSEN
STRAUCH, AN DEM VIELE LECKE-
RE TRAUBEN HÄNGEN.

"DIESEN STRAUCH NEHME ICH."

DER KLEINE BÄR STRECKT SICH,
PFLÜCKT FLEISSIG DIE TRAUBEN
UND LEGT SIE IN DEN KORB.

"OB DER GROSSE BÄR AUCH WIL-
DE TRAUBEN MAG? OB ER SICH
DARÜBER FREUT?"

DA KOMMT PLÖTZLICH AUS DEM STRAUCH HOCH OBEN
EIN LAUTES FLATTERN.
"WAS MAG DAS BLOSS SEIN?"
ALS DER KLEINE BÄR NACH OBEN SCHAUT, SITZEN AUF
DEM STRAUCH VIELE GROSSE, PECHSCHWARZE RABEN.
DIE RABEN, DIE SO GROSS SIND, WIE DER KLEINE BÄR
BISHER NOCH NIE WELCHE GESEHEN HAT, BEOBACH-
TEN DEN KLEINEN BÄREN.

ER SCHAUT DURCH DAS FENSTER IN DAS HAUS HINEIN. IM SESSEL, WO DER GROSSE BÄR IMMER SITZT, IST KEINER. AUCH HINTER DEM HAUS, WO DER GROSSE BÄR DAS HOLZ HACKT, IST NIEMAND.

"OB ER UNTERWEGS IST?"

ER NIMMT EINEN ZWEIG UND HINTERLÄSST AUF DEM BODEN VOR DER TÜR EINE NACHRICHT:
"ICH WERDE NUN ZUM WESTWALD GEHEN UND DORT TRAUBEN PFLÜCKEN. ICH WERDE GANZ VIELE PFLÜCKEN UND DIR AUCH WELCHE MITBRINGEN. WARTE BITTE AUF MICH."

DER KLEINE BÄR GEHT ZUM WESTWALD, UM DORT DIE TRAUBEN FÜR DEN GROSSEN BÄREN ZU PFLÜCKEN.

DER WESTWALD IST AUCH MITTAGS RECHT DUNKEL, SO DASS NICHT EINMAL ERWACHSENE BÄREN SO OFT HERKOMMEN.
ABER DER KLEINE BÄR WILL, DASS DER GROSSE BÄR LECKERE TRAUBEN ISST, UND GEHT IMMER TIEFER IN DEN WALD HINEIN.

"DAS STIMMT NICHT. DER BÄR HAT GANZ LIEBE AUGEN. DESWEGEN IST ER EIN GUTER BÄR."

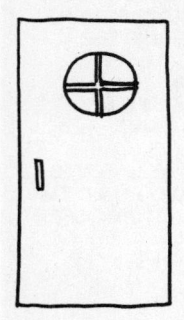

ER HÖRT NICHT AUF DIE WARNUNG DER ANDEREN UND GEHT JEDEN TAG ZUM HAUS DES GROSSEN BÄREN.

EINES MORGENS GEHT DER KLEINE BÄR WIEDER ZUM HAUS DES GROSSEN BÄREN. DIESES MAL HAT ER EINEN KORB DABEI.

"GUTEN MORGEN."

KEINE ANTWORT.

ER KLOPFT NOCH EINMAL UND SAGT: "GUTEN MORGEN. IST DER GROSSE BÄR ZU HAUSE?"
DER KLEINE BÄR LAUSCHT, DOCH DRINNEN SCHEINT KEINER ZU SEIN.

JEDEN TAG GEHT DER KLEINE BÄR ZUM HAUS DES BÄREN MIT DER BRILLE. ER KLOPFT AN DER TÜR UND SPRICHT MIT IHM. ABER DIE TÜR BLEIBT GESCHLOSSEN.

ALLE SAGEN: "SIEH DOCH! ES HAT KEINEN SINN."

"DIESER BÄR WILL NICHTS MIT DEN ANDEREN ZU TUN HABEN. WEIL ER EIN BÖSER BÄR IST."

DER KLEINE BÄR SCHÜTTELT DEN KOPF.
"DAS STIMMT NICHT. DER BÄR HAT MIR DOCH NICHTS GETAN."

"DANN WIRST DU BALD ETWAS SCHLIMMES ERLEBEN," SAGEN ALLE WIE AUS EINEM MUND. "EINER, DER SO ALLEINE IST, MUSS EIN BÖSER BÄR SEIN. BÖSE BÄREN TUN BÖSE DINGE. SIE TUN ES GANZ SICHER."

"UND ER SCHEINT AUCH IN ANDEREN DÖRFERN BÖSES GETAN ZU HABEN."

"WER ES EINMAL TUT, TUT ES AUCH EIN ZWEITES MAL. DAS IST DOCH KLAR!"

"ICH MAG DICH.
ICH MAG DICH
AM ALLERMEISTEN.

MAGST DU MICH AUCH?"

'Cause I love you

10

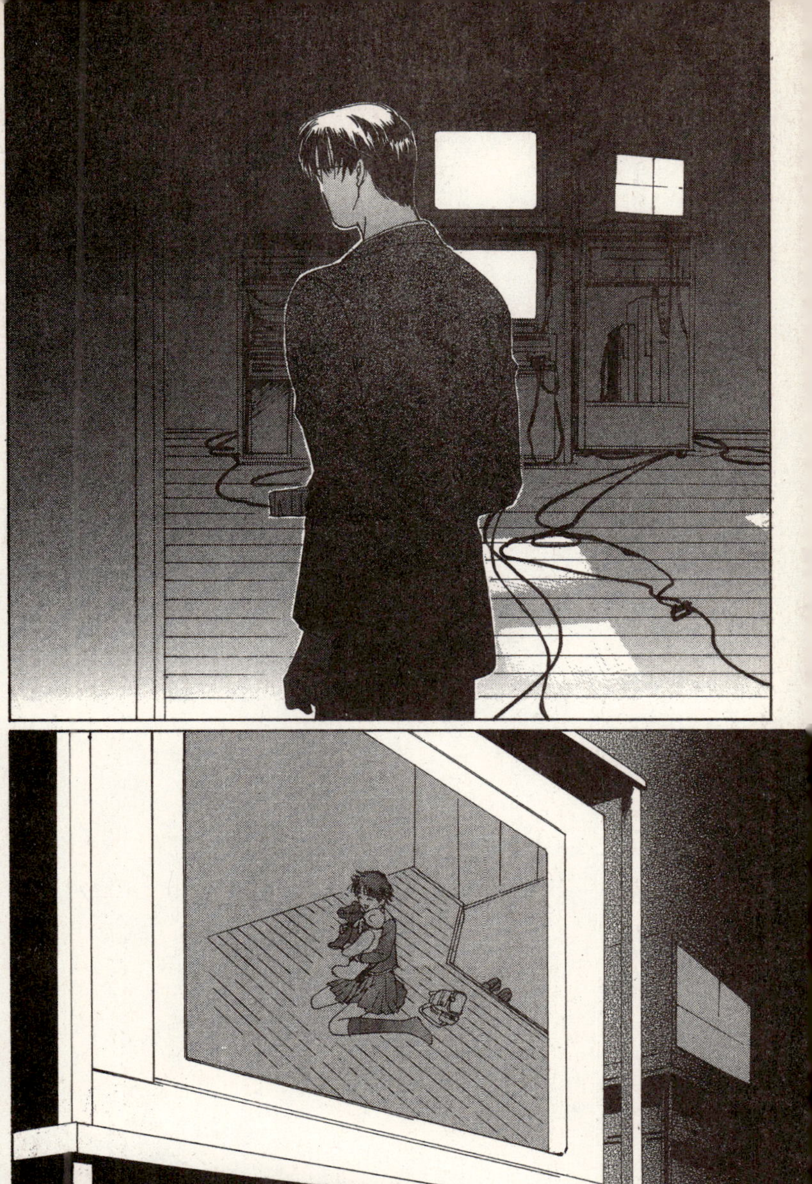

KLAK

DRÜCK

TAPP

ICH HAB HERRN ASOU GESAGT, DASS ICH IHN GERNE MAG!

DAS WÄRE SCHÖN, WENN ER MICH AUCH GERNE HABEN WÜRDE.

ER SCHIEN SEHR ERSCHROCKEN.

WIE MAG ER DARÜBER DENKEN?

DAS WOLLTE ICH BLOSS SAGEN!	ICH DENKE, DIE PERSON, DIE ICH JETZT AM MEISTEN MAG, SIND SIE.
DANN BIS MORGEN!	NEIN, ICH DENKE ES NICHT NUR.
	ICH MAG SIE AM ALLERMEISTEN!

...

ICH MAG SIE, HERR ASOU.

HERR ASOU!!

WÄRE DOCH ZU SCHADE.

MÖGEN SIE DAS?

DANKE...

HIER!

WIR GEHEN NACH HAUSE, WIR GEHEN HEIM!

SSZ

DANN BIS MORGEN!

RAUS DAMIT.

WOMIT DENN?

MIT DER LUNCHBOX.

PASS AUF DICH AUF.
JA! ICH PASSE AUF AUTOS UND AMPELN AUF!
ICH WERDE ÜBER HERRN ASOU EIN PAAR AUSKÜNFTE EINHOLEN.
WAS IST LOS? DU BIST AUF EINMAL SO ERNST...
HERR ASOU HAT SICH HEUTE MIT JEMANDEM GETROFFEN.
IM MUSEUM?
SIE HABEN ÜBER HINA GESPROCHEN...

GEHEN SIE SCHON HEIM?
WOLLEN WIR NICHT NOCH EINEN TEE TRINKEN?
GEHT NACH HAUSE.
ICH GEHE NACH HAUSE!
DU WIRST MIT HERRN ASOU GEHEN, STIMMT'S?
DA REDET MAN GEGEN WÄNDE.
STIMMT!
GEHT WENIGSTENS GETRENNT, BIS IHR IN EURER GEGEND SEID.
WARUM?
DARUM!
BIS MORGEN!
JA, CIAO!
HINA!
WAS DENN?

JEMAND HAT UNS BELAUSCHT...

RASCHEL

IST WAS?

BIS MONTAG SCHREIBT IHR EINEN AUFSATZ ZUM MUSEUMSBESUCH.

BIS MONTAG, ZUR KLASSENBESPRECHUNG.

DANN AUF WIEDERSEHEN.

TAPP TAPP

DAFÜR SIND SEINE BESPRECHUNGEN IMMER ALLES ANDERE ALS KURZ.

ER IST SO WORTKARG.

ICH MACHE DAS SCHON.

MIT WEM REDET HERR ASOU EIGENTLICH? ER VERDECKT DIE PERSON...

AUSSERDEM...

WAS?!

HINATA ASAHI IST KEIN MENSCH, DER ANDEREN LEUTEN MISSTRAUT.

HACH!

FLÜSTER FLÜSTER

ICH WAR VOLL IN GEDANKEN.

WAR DER SHOP NICHT HIER?

HM?

ICH HABE MICH VERLAUFEN.

SCHLUCK

NEIN.

HERR ASOU?

ICH ERLEDIGE MEINE AUFTRÄGE ZUVERLÄSSIG.

DO DOM DO DOM

BAM
KYAA-HA-HA
PIESAK
ICH HOLE WAS ZU TRIN-KEN.
WILLST DU ETWA ABHAUN?
KITZEL KITZEL
ICH KOMME MIT!
ICH BRINGE EUCH DOCH WAS MIT.
ICH MÖCHTE ZITRONEN-LIMO!
ICH O-SAFT!
HA-HA-HA-HA-HA
DAS KIT-ZELT!
HIER? ODER HIER?
HINA...

JA, MAHLZEIT!

MAHLZEIT!

WENN DU UND ASOU ZUSAMMEN LUNCHPAKETE GEMAMPFT HÄTTET, WÄRE DAS GESCHREI IN DER SCHULE MORGEN GROSS GEWESEN.

DAS IST JA AUCH BESSER SO.

JA.

HERR ASOU IST ALSO ZUM DESSERT DER ANDEREN GIRLS GEWORDEN, WAS?

KITZEL

WAAS? DU WILLST NICHT MIT DEINER LIEBLINGSFREUNDIN EMI ZU MITTAG ESSEN?!

...

ABER TROTZDEM HÄTTE ICH GERNE MIT HERRN ASOU ZU MITTAG GEGESSEN.

ÄRGER ÄRGER

SO MEIN ICH DAS DOCH NICHT! ICH ESSE GERNE MIT DIR!

KITZEL KITZEL

HEUL

UAAH! DAS KITZELT!

HERR ASOU WIRD BESTIMMT SATT WERDEN. ER BEKOMMT JA VIELE LUNCHPAKETE.	DAS WERDE ICH DANN HEUTE ABEND ESSEN.

HINATA! WOLLEN WIR WAS ESSEN?

JAA!

HERR ASOUUU!

ZURR ZURR ZURR ZURR

FRITTIERT?
ICH HABE VERSCHIEDENE...
MÖGEN SIE FRIKADELLEN?

HÄÄ?

TAPP TAPP

ICH HABE ETWAS GEKOCHT UND MITGEBRACHT.

ICH AUCH!

MITTAGSPAUSEEE!

HÄM?

HERR ASOU, KOMMEN SIE SCHNELL!

ZURR ZURR

DIE MENSCHEN, MIT DENEN ICH ZUSAMMEN SEIN WILL, SIND MENSCHEN, DIE ICH AM MEISTEN MAG.

DAS WIRD SCHON NICHT PASSIEREN.

ES GIBT KEINE SCHLECHTEN MENSCHEN. BISHER NICHT UND VON NUN AN AUCH NICHT.

ALSO ...

UM DICH HERUM GIBT ES NICHT NUR GUTE MENSCHEN.

WENN DU NUR WIE IM TRAUM DURCH DIE WELT WANDELST, WERDEN DIR NOCH SCHLIMME DINGE GESCHEHEN.

ICH HABE IHNEN IHRE LIEBLINGS- SCHWARZ- WURZELN GEKOCHT...

ZU UMSTÄNDLICH.

SIE SAGTEN DOCH BEI DER VORBESPRECHUNG, DASS SIE ETWAS MITBRINGEN WÜRDEN.

WOLLEN WIR SPÄTER ZUSAMMEN ESSEN?

DAS IST ETWAS UNGÜNSTIG.

... UND EIERBRATEN OHNE ZUCKER!

UND? WAS SOLL DARAN SCHLIMM SEIN?

ZU HAUSE GEHT ES, ABER WENN AUSSERHALB DER SCHULE EINE SCHÜLERIN MIT EINEM LEHRER SELBST GEKOCHTEN PROVIANT VERSPEIST...

DAS MEINE ICH NICHT.

WAS? DAS ESSEN WAR NICHT TEUER.

AH!

KOMISCHE ART VON KUNST...

DIE GROSSEN OHREN. WIE SOCKEN.

WAS DARAN IST SÜSS?

HABEN SIE WAS ZU ESSEN MITGEBRACHT?

NEIN.

SOCKEN... AH!

DAS IST ABER SÜÜÜSS!

VOR ALLEM DAS ROSA TIER!

... IST SCHON HEIKEL.

ABER NEBENAN ZU WOHNEN ...

SEUFZ

ES GIBT JA AUCH ANDERE, DIE AUF IHN STEHEN.

IST JA NICHT SCHLIMM, WENN ES RAUSKOMMT, DASS HINA HERRN ASOU MAG.

JA.

WIR MÜSSEN DIE BEIDEN UNTER KONTROLLE HALTEN.

DAS HAUS DANEBEN WAR SO LANGE FREI, UND DANN ZIEHT DER KLASSENLEHRER DA EIN.

WAS FÜR EIN ZUFALL ABER AUCH.

STIMMT. ES GIBT HIER ZU VIELE ZUFÄLLE ...

FAST WIE IN EINER SEIFENOPER.

DAS IST ABER EINE SCHÖNE FARBE.
SEHEN SIE ÜBERHAUPT HIN, HERR ASOU?
SIE MÜSSEN RICHTIG HIN-SCHAUEN.
MACH DIR KEINEN KOPF WEGEN SO WAS.
HINA KAM ZU SPÄT, WEIL SIE ZU LANGE MIT DEM KOCHEN GE-BRAUCHT HAT.
ABER DAS HEISST DOCH...
SEUFZ
... SIE HAT FÜR ASOU MITGE-KOCHT.

POM

ICH FREUE MICH, MIT HERRN ASOU ZUSAMMEN ZU SEIN.

JAA!

KOMM, SONST WARTEN WIEDER ALLE AUF DICH!

DU KANNST DOCH SOLCH EINEM NAIVCHEN KEINE VORWÜRFE MACHEN.

PUH

HE-HE-HE

"HABEN SIE VERSCHLAFEN?" "SIE MÜSSEN EINE RUNDE AUSGEBEN!" "HERR ASOU KAM ALS LETZTER!" BLABLA

"NUN GEHEN SIE SCHON!" DRÜCK

"WAS IST LOS, TOKO?"

"BIST DU MÜDE?"

"HAST DU DIR ETWA SORGEN GEMACHT, WEIL ICH NICHT GEKOMMEN BIN?"

"UND DAS AUCH NOCH ZU SPÄT. AUFFÄLLIGER GEHT'S NUN ECHT NICHT!"

"ICH BIN SO FERTIG, WEIL DU MIT HERRN ASOU ZUSAMMEN ZUM TREFFPUNKT GEKOMMEN BIST."

"WARUM DENN?"

ENTSCHULDIGE DICH BEI ALLEN!

ALLE WARTEN NUR AUF DICH!

DU KOMMST ZU SPÄT!

ZURR

SO! DIE OBERSCHLAFMÜTZE HEISST HERR ASOU, ABER NUN AUF ZUM MUSEUM!

ICH BIN DOCH EXTRA FRÜHER INS BETT GEGANGEN. ICH HABE HEUTE NUR LÄNGER FÜR DIE LUNCHBOX GEBRAUCHT...

HAHAHA, TYPISCH HINA!

BLINZEL

HAST DU VERSCHLAFEN? KLEINE KINDER DÜRFEN NICHT SO SPÄT INS BETT GEHEN!

HAHAHA

TUT MIR LEID WEGEN DER VERSPÄTUNG!

VERBEUG

... GEMEINSAM ANKOMMEN?! AUCH, WENN HINA NIE EIN FETTNÄPFCHEN AUSLÄSST, HERR ASOU WÜRDE SO WAS TAKTLOSES DOCH NICHT BRINGEN!

TRAPP TRAPP

SIE SIND DOCH ZUSAMMEN GEKOMMEN... UND DAS NOCH NICHT MAL UNAUFFÄLLIG!

OH, SIE SIND SCHON ALLE DA!

TUMULT TUMULT

EEECHT? SEIT WANN?

HINA UND HERR ASOU ZUSAMMEN?

TUMULT

UND DER KLASSENLEHRER KOMMT ZU SPÄT ...

TAPP

WIR SIND SCHON ZEHN MINUTEN ÜBER DER VERABREDETEN ZEIT!

ES FEHLEN NUR NOCH HINA UND HERR ASOU!

SIE WERDEN DOCH NICHT ETWA...

DU BIST SPÄT DRAN!
ICH HABE LUNCH-PAKETE GEMACHT UND DABEI GANZ DIE ZEIT VER-GESSEN.
ABER SIE SIND AUCH SPÄT DRAN.
DAS IST, WEIL DU...
WEIL ICH...?
KOMM JETZT!
JA-WOOOHL!

ICH KOMME ZU SPÄT! BEEILUNG!

TSCHÜÜÜSS!

HERR ASOU!

HOFFENT-
LICH
SCHMECKT
ES HERRN
ASOU.

HE-
HE-
HE

ICH
KOMME
ZU
SPÄÄÄT!

PANIK PANIK

AH!

ICH MACHE MIR EIN LUNCHPAKET! OBWOHL ES DERSELBE REIS IST, DIESELBE BEILAGE, SIEHT ALLES SO VIEL LECKERER AUS!

FERTIG!

ALLE BRINGEN IHR ESSEN SELBST MIT. DESHALB HABE ICH HERRN ASOU AUCH EINE LUNCHBOX GEMACHT.

ER HAT JA AUCH SONST NIE SELBST ESSEN DABEI. ER SCHEINT NIE ZU KOCHEN.

HEUTE MACHEN WIR EINEN AUSFLUG MIT DER KLASSE. ZUM KUNSTMUSEUM!

WIR TREFFEN UNS AM MUSEUM.

"ICH MAG NETTE WORTE.
ICH MAG AUCH SCHWEIGSAME MENSCHEN.

DESWEGEN SAGE ICH:
ICH MAG DICH."

9

'Cause I love you

HALLO, NOCH EIN PUDDINGPARFAIT BITTE!

JA.

OB DER KLEINE BÄR UND DER GROSSE BÄR MIT DER BRILLE FREUNDE WERDEN?

JA.

DAS LIEGT GANZ AN DEN BEMÜHUNGEN DES KLEINEN BÄREN.

OH!

JA.

DAS HEISST, DER BÄR MIT DER BRILLE IST HERR ASOU?

BITTE SAG SHIRO NICHTS.

FLÜSTER

UND DIESER KLEINE BÄR IST HINA-CHAN.

KOMM, ICH LADE DICH EIN, QUASI ALS MODELHONORAR.

ICH?!

ECHT? DANN BITTE EIN PUDDINGPARFAIT!

JA.

HOFFENTLICH VERGEHT DIE ZEIT WIE IM FLUG!	IM NÄCHSTEN MONAT. — WANN KOMMT DIE FORTSETZUNG DENN RAUS?!

... DIESER BÄR MIT DER BRILLE SIEHT HERRN ASOU SEHR ÄHNLICH?! FINDEN SIE NICHT ...

WIE BITTE? — HAST DU ES AUCH SOFORT BEMERKT?

SCHLUCK

ICH HABE ZU DANKEN. VIELEN DANK FÜR DIE SCHÖNEN BÜCHER, DIE ICH IMMER LESEN DURFTE.
MAGST DU GERNE BILDERBÜCHER?
JA. MEINE MUTTER HAT MIR IMMER VIEL DARAUS VORGELESEN.
UND SEIT ICH ALLEINE LEBE, ALSO SEIT ZWEI JAHREN, HABE ICH IHRE BÜCHER ENTDECKT, UND SEITDEM MAG ICH SIE!
ICH MAG ZWAR ALLE IHRE BÜCHER, ABER DIESES MAG ICH AM ALLERMEISTEN!
IST JA NOCH NICHT ZU ENDE, DIE GESCHICHTE...
JA, UND ICH FREUE MICH AUF DIE FORTSETZUNG!
DA MUSS ICH MICH JA ANSTRENGEN.

UND "LIEBHABEN" HABE ICH GESTERN GEKAUFT!

ICH HABE ALLE BÜCHER VON TOMO!

WAS?

ICH HABE DIESES BUCH SCHON!

KRAM KRAM

SCHAUEN SIE!

TOMO-KUN WAR TOMO!

WOW! WOW!

EEECHT?

DAS FREUT MICH SEHR. DANKE.

ICH HABE ALLE BÜCHER VON TOMO GELESEN, SEIT ES DAS ERSTE BUCH VON IHM GAB!

UND ICH HÄTTE NICHT GEDACHT, DASS ICH EINEN FAN IN MEINER NÄHE HÄTTE.

DAS IST JA DER WAHNSINN! ICH FREU MICH JA SO!

KNISTER

NUN, JA.

GESTERN KAM ES RAUS, ABER ICH DACHTE, WENN WIR UNS DAS NÄCHSTE MAL SEHEN...

BITTE

IST ES DENN FERTIG?!

ICH HABE DIR JA GESAGT, WENN DAS NEUE BUCH RAUSKOMMT, GEBE ICH DIR BESCHEID.

AAAAAHHH!

LIEBHABEN
Bild & Text: Tomo

FLAP

OB TOMO-KUN AUCH DA IST?

DA IST ER!

ICH WOLLTE GERADE GEHEN.

GUTES TIMING!

ICH HABE HINEINGESCHAUT, OB SIE AUCH DA SIND.

OB ER IRGEND ETWAS ZU TUN HAT? ER WAR AUCH BEI DER KLASSENBESPRECHUNG NICHT DA...

HEUTE KONNTE ICH GAR NICHT MIT HERRN ASOU NACH HAUSE GEHEN.

ABER VIELLEICHT KOMMT ER ZUM ABENDESSEN. ICH KOCHE MAL BESSER FÜR ZWEI!

GRINS

ES WÄRE SCHÖN, WENN ES FÜR HERRN ASOU AUCH SO WÄRE...

ICH MAG ES, MIT JEMANDEM ZUSAMMEN ZU ESSEN.

ABER AM MEISTEN MIT HERRN ASOU.

ICH WERDE MAL VERSUCHEN, ÜBER MEINE SPEZIELLEN QUELLEN ETWAS ÜBER HERRN ASOU HERAUSZUBEKOMMEN!

GUT!

DAS HEISST NATÜRLICH BLOSS, DASS ICH IM LEHRERZIMMER HEIMLICH BEI ANDEREN LEHRERN AUSKUNFT EINHOLE...

ICH HABE FRÜHER BEI DEN GESCHICHTEN MIT HINA SCHON MAL SOLCHE AUGEN GESEHEN.

BLICK?

ICH SEHE IN IHM NUR EINEN GUT AUSSEHENDEN, JUNGEN PÄDAGOGEN, DER GERADE SOLO IST.

JA.

HINAS GESCHICHTEN... DU MEINST DIE ENTFÜHRUNGEN.

ABER ER REDET GAR NICHT ÜBER SICH ODER SEINE ALTE SCHULE, STIMMT...

TOKO, DAS WAR SEHR UNVORSICHTIG VON DIR. WENN ICH NICHT GEKOMMEN WÄRE, HÄTTE JEMAND ANDERS DAS GESPRÄCH BELAUSCHEN KÖNNEN!
JA...
KEINER DA?
PEIL
PEIL
DU HAST DOCH GESAGT, KEIN WORT MEHR ÜBER HINAS ENTFÜHRUNGEN, WO IRGENDWELCHE VERBRECHER AN DAS GELD VON HINAS VATER WOLLTEN.
STIMMT ...
FINDEST DU HERRN ASOU WIRKLICH SO VERDÄCHTIG ?
ER IST ANDERS ALS DIE ANDEREN LEHRER.
ICH HABE DIESEN BLICK SCHON MAL GESEHEN. FRÜHER...

IST GUT!

ACH, ÜBRIGENS, EINE AUS DER PARALLELKLASSE SUCHT DICH. DIE KOMMT HEUTE IN MATHE DRAN UND WOLLTE VON DIR WAS ERKLÄRT BEKOMMEN.

NATÜRLICH IST EINE ERWIDERTE LIEBE SCHÖNER ALS EINE EINSEITIGE.

HE-HE-HE

ABER DENNOCH WÜRDE ICH MICH NATÜRLICH FREUEN, WENN HERR ASOU MICH AUCH GERNE HABEN WÜRDE...

VIELEN DANK FÜR DEIN HALSTUCH.

TUT MIR LEID, TOKO.

ICH GEH SCHON MAL VOR!

ABER WAS IST, WENN ER DEINE GEFÜHLE ABWEIST?

KNEIF

DU SAGTEST, DU WIRST NICHT WEINEN!

EGAL, OB HERR ASOU JEMANDEN ANDEREN MAG. AN MEINEN GEFÜHLEN FÜR IHN ÄNDERT DAS NICHTS!

ER IST MEIN NACHBAR UND ICH ALS SEINE SCHÜLERIN HABE VIELE, VIELE DINGE ERLEBT, DICH ICH GERNE MAG.

ABER DENNOCH IST HERR ASOU IN DAS NACHBARHAUS GEZOGEN.

EMI!

WENN ES DENN LIEBE AUF BEIDEN SEITEN WÄRE...!

SCHÜTTEL SCHÜTTEL

NÖ-NÖ.

ABER DEUTET DENN BEI IHM ETWAS DARAUF HIN?

WÄRE JA COOL, WENN ASOU AUCH HINA GERNE HÄTTE. EIN HAPPY END!

JA!

DANN BIST JA NUR DU IN IHN VERLIEBT.

DU BIST EIN DICKKOPF. DA KANN MAN WIRKLICH NICHTS MACHEN.

KEINE SORGE.

ABER WENN HERR ASOU DICH NUR EINMAL ZUM WEINEN BRINGT, WERDE ICH ES IHM NIE VERZEIHEN!

WENN MAN JEMANDEN HAT, DEN MAN GERNE MAG, WIRD ES EINEM SO WARM UND LEICHT UMS HERZ.

DESWEGEN WERDE ICH AUCH NICHT WEINEN.

LIEBHABEN
Bild & Text: Tomo

ICH MAG HERRN ASOU.

ES IST EIN ANDERES MÖGEN ALS BEI EUCH.

DESWEGEN MÖCHTE ICH AUCH, DASS HERR ASOU MICH GERNE HAT.

DRÜCK

ICH MÖCHTE MIT HERRN ASOU ZUSAMMEN SEIN.

ICH MÖCHTE WIE DIESER KLEINE BÄR MEHR ÜBER HERRN ASOU ERFAHREN.

UND ES SELBST ÜBERPRÜFEN. UND IHN GERN HABEN.

DANKE FÜR DEINE FÜRSORGE.

ABER WIE ICH SO MIT DIR REDE, WERDEN MEINE GEFÜHLE IMMER KLARER.

ICH MÖCHTE, DASS DU IMMER LÄCHELST.

ICH MAG DICH SEHR, TOKO, UND ICH WILL NICHT, DASS DU WEINST.

ICH WILL NICHT, DASS DU WIEDER ENTFÜHRT WIRST UND NICHT MEHR DA BIST!

SRLL

AUCH WENN DU DIR SELBST NICHTS DABEI DENKST, DEIN VATER IST TROTZDEM SEHR REICH!
UND ES GIBT VIELE MENSCHEN, DIE IHM DAS NICHT GÖNNEN!
ES GIBT VIELE MENSCHEN, DIE AN SEIN GELD UND DIR BÖSES ANTUN WOLLEN!
WAS IST, WENN HERR ASOU AUCH SO EINER IST?!

DRÜCK

SSSZ

HINA! DU WEISST MANCHMAL NICHT, WER DU BIST!

HERR ASOU IST EIN GUTER MENSCH.

DAS HAST DU BEI DEN NEUN ANDEREN BISHER AUCH GESAGT.

DESHALB BIN ICH AUCH IMMER HEIMGEKOMMEN UND BIN JETZT HIER.

JA, HABE ICH.

GRAP

ÜBER MICH?

ÜBER DICH, HINA.

HERR ASOU IST KEIN SCHLECHTER MENSCH.

HERR ASOU... ICH HABE IHN GEFRAGT, OB ER EIN SCHLECHTER MENSCH WÄRE. ER SAGTE "KLAR".

ER IST SO SELTSAM! ER BENIMMT SICH NICHT WIE EIN NORMALER LEHRER!

UND ER SAGTE, ER MÜSSE ARBEITEN, OBWOHL ER AUF DEM HEIMWEG WAR...!

WENN DU SO WEITERMACHST, ERLEBST DU NOCH DAS ZEHNTE MAL...

WAS?

DESWEGEN HABE ICH MICH ENTSCHIEDEN, ALLEINE ZU LEBEN.

ES WAR NACH DEM NEUNTEN MAL. ALS ICH DANN NACH HAUSE KAM, WAR VATER WÜTEND AUF ALLE.

TOUCH

... ICH HABE MIT HERRN ASOU GESPROCHEN.

WORÜBER DENN?

WENN ICH ES DIR ZU VORSICHTIG SAGE, VERSTEHST DU JA NICHTS. UM ES ALSO DIREKT ZU SAGEN...

JEDER WÜRDE BEI SOLCH EINEM AUFTRITT ERSCHROCKEN SEIN...

WAS MACHST DU FÜR EIN ENTSETZTES GESICHT? HABE ICH JA LANGE NICHT MEHR BEI DIR GESEHEN!

DAS ERSTE MAL, SEIT ICH DIR GESAGT HABE, ICH WOLLE ALLEINE LEBEN.

JA! FRÜHER GINGEN WIR JA IMMER MORGENS ZUSAMMEN IN DIE SCHULE. DA HABE ICH ES DIR GESAGT.

VOR ZWEI JAHREN.

STIMMT.

ICH BIN AUF DIE FORTSETZUNG GESPANNT.

DRÜCK

OB DER GROSSE BÄR IRGENDWANN DEN KLEINEN BÄREN GERNE HAT?!

DO-DOM DO-DOM

OB ER IRGENDWANN IN DAS HAUS HINEIN DARF?

HINA-TAAA!

UAH!

WAS GIBT'S?

DER BÄR MIT DER BRILLE IN DIESEM NEUEN BUCH SIEHT HERRN ASOU SEHR ÄHNLICH...

LIEBHABEN
Bild & Text: Tomo

ABER IRGENDWIE MAG ICH DIESE GESCHICHTE. NUR, WEIL WIR BEIDE KLEIN SIND.

UND DER KLEINE BÄR - SIEHT MIR ÄHNLICH ?!

OB DER KLEINE BÄR MIT DEM GROSSEN BÄREN MIT DER BRILLE REDEN KANN?!

HE-HE-HE

VON INNEN KOMMT DIE STIMME DES GROSSEN BÄREN MIT DER BRILLE: "MORGEN - DA BIN ICH AUCH BESCHÄFTIGT."

"DANN ÜBERMORGEN."

"ÜBERMORGEN HABE ICH AUCH ZU TUN."

"DANN DEN TAG DARAUF."

DER KLEINE BÄR IST GLÜCKLICH, DASS DER GROSSE BÄR GEANTWORTET HAT.

"ICH KOMME JEDEN TAG, BIS DU MIT MIR REDEST."

DER GROSSE BÄR ANTWORTET NICHT. ABER ER HAT NICHT GESAGT, KOMM NICHT WIEDER. DER KLEINE BÄR FREUT SICH.

ICH WERDE JEDEN TAG DORT HINGEHEN, BIS ER MIR DIE TÜRE AUFMACHT, NIMMT ER SICH VOR.

UND IHM WIRD GANZ FROH UMS HERZ.

FORTSETZUNG FOLGT

DER KLEINE BÄR KOMMT AM NACHBAR-
HAUS AN. MIT HERZKLOPFEN POCHT ER
AN DIE TÜR.

"GUTEN TAG!" NACH EINER WEILE KOMMT
DER GROSSE BÄR MIT DER BRILLE AN DIE
TÜR UND MACHT AUF.

"WAS WILLST DU?"
DER BÄR HAT WIE IMMER EIN GRIMMIGES
GESICHT.

DER KLEINE BÄR ANTWORTET FREUND-
LICH: "ICH MÖCHTE MIT DIR REDEN."

ABER DER BÄR MIT DER BRILLE SAGT
„ES GIBT NICHTS, WORÜBER ICH MIT DIR
REDEN KANN." UND, BAMM!, FLIEGT DIE
TÜR ZU.

DER KLEINE BÄR KLOPFT VIELE MALE AN
DIE TÜR. "ICH WOLLTE WIRKLICH NUR MIT
DIR REDEN. MACH BITTE AUF."

ABER ER BEKOMMT KEINE ANTWORT.

DANN SAGT DER KLEINE BÄR: „ES TUT
MIR LEID. DU WARST SICHER BESCHÄFTIGT.
ICH KOMME MORGEN WIEDER."

"TU'S NICHT!", RUFEN DIE ANDEREN BÄREN. "MAN WEISS NICHT, WAS FÜR FURCHTBARE DINGE ER MIT DIR ANSTELLEN WIRD! DU WIRST VIELLEICHT NIE MEHR NACH HAUSE KOMMEN!"

"ES WIRD SCHON GUT GEHEN", ANTWORTET DER KLEINE BÄR. "ALS ICH IHN LETZTENS AM FENSTER TRAF UND IHN ZUFÄLLIG IN DIE AUGEN SAH, HAT ER AUCH NICHTS BÖSES GETAN. AUSSERDEM...", FÜGT ER HINZU, "SAHEN SEINE AUGEN HINTER DER BRILLE GANZ LIEB AUS."

"NEIN! ER IST EIN BÖSEWICHT!"

DER KLEINE BÄR LÄSST DIE ANDEREN BÄREN STEHEN UND GEHT ZUM NACHBARHAUS. ER MÖCHTE UNBEDINGT DIESEN BÄREN SEHEN UND MIT IHM REDEN. WARUM, WEISS ER NICHT.

ER WILL UNBEDINGT MEHR ÜBER DEN GROSSEN BÄREN MIT DER BRILLE ERFAHREN.
OB DER BÄR, ÜBER DEN ALLE ERZÄHLEN, WIE BÖSE ER IST, WIRKLICH SO SCHLECHT IST. ER WILL ES GANZ GENAU WISSEN. ER KANN DIE LIEBEN AUGEN HINTER DER BRILLE, DIE ER NUR EINMAL GESEHEN HATTE, EINFACH NICHT VERGESSEN.

"ER TRIFFT SICH MIT KEINEM, REDET MIT KEINEM. ER HAT IMMER EIN GRIMMIGES GESICHT UND LACHT NIE. SOLCHE BÄREN MÜSSEN SCHLECHTE BÄREN SEIN."

ABER DER KLEINE BÄR LEGT SEINEN KOPF ZUR SEITE UND SAGT: "IST ER NUR DESWEGEN BÖSE...

...WEIL ER NICHTS SAGT? IST ER DESWEGEN SCHLECHT, WEIL ER NIE LÄCHELT?"

ALLE NICKEN.
"SOLCHE BÄREN, BEI DENEN MAN NICHT WEISS, WORAN MAN IST, KÖNNEN NUR BÖSE BÄREN SEIN."

"DAS IST DOCH QUATSCH. NUR, WEIL MAN IHN NICHT KENNT, KANN MAN IHN DOCH NICHT ZUM BÖSEWICHT MACHEN."
DER KLEINE BÄR IST UNZUFRIEDEN.

"ICH MÖCHTE GERNE WISSEN, WAS FÜR EIN BÄR DAS IST, DER BÄR MIT DER BRILLE."
ER SAGT ES GANZ AUFGEREGT.

"O JA, ICH WERDE IHN MAL ANSPRECHEN. DANN WERDE ICH ES SCHON HERAUSFINDEN!"

DIESER BÄR IST INS NACHBARHAUS DES KLEINEN BÄREN GEZOGEN.

ER IST GROSS, TRÄGT EINE BRILLE UND HAT IMMER EIN GRIMMIGES GESICHT. ALLE IM DORF GLAUBEN, ER HÄTTE FRÜHER BÖSE DINGE GETAN. ABER NUR DER KLEINE BÄR GLAUBT DAS NICHT.
"HAT DIESER BÄR WIRKLICH ETWAS BÖSES GETAN?"

"KLAR", SAGEN ALLE.

"UND HABT IHR DABEI ZUGE-SCHAUT?"

"NEIN, ABER ER HAT BE-STIMMT SCHLIMME DINGE GETAN!" SAGEN SIE UND GEBEN KEIN BISSCHEN NACH.

"WIE KÖNNT IHR SO ETWAS GENAU WISSEN, WENN IHR NICHTS GESEHEN HABT?"

"DENK DOCH MAL NACH."

"ES IST EIN ANDERES MÖGEN...
EIN BESONDERES.

DICH MAG ICH
AM ALLERMEISTEN."

8

'Cause I love you

ES WÄRE SO SCHÖN, WENN ES DAS NÄCHSTE MAL NICHT EINE SCHLEIFE WÄRE, SONDERN DIREKT SEINE HAND...

ICH MAG ES, MIT JEMANDEM HÄNDCHEN ZU HALTEN.

ABER WENN ES HERR ASOU WÄRE, WÄRE ES NOCH 1000 MAL SCHÖNER.

ICH HOL IHN!

TAPP

WO IST DER WISCHER? WIR SIND MIT SCHUHEN HEREINGEKOMMEN UND MÜSSEN SAUBER MACHEN.

UNSERE HÄNDE WAREN ZUSAMMENGEBUNDEN.

IRGENDWIE TOTAL AUFREGEND...

WENN MAN DICH WEGZERRT, IST ES VORBEI. UM EINE SCHNUR ZU KAPPEN, BRAUCHT MAN LÄNGER.

UND DANN HAT MAN ZEIT, SICH ZU WEHREN.

PAMM

SCHLUCK

TOLL! WOHER KENNEN SIE DIESEN TRICK?!

AHAAA!

ECHT?

DU BRINGST MICH GANZ AUS DEM KONZEPT.

ÄHM...

SRLL

NEIN.

HAT ES WEH GETAN?

DESWEGEN MACHT TOKO SHINOHARA SICH SOLCHE SORGEN.

WENN JEMAND DA IST UND WIR GETRENNT WERDEN, KÖNNTE DIR WAS PASSIEREN.

WARUM HABEN SIE DAS GEMACHT?

ICH KANN MICH DOCH AN IHNEN FESTHALTEN.

IST NOCH ETWAS ANDERS ALS SONST?
SCHÜTTEL
ICH DENKE, NICHT.
BESTIMMT SIND TONO UND WAKA VON SELBST UMGE-FALLEN.
ICH LEBE DOCH ALLEINE. WER SONST SOLLTE DENN HEREIN-KOMMEN?
HEUTE WAR AUCH KEIN BESUCH VORGESEHEN.
MANCHE LEUTE KOMMEN AUCH OHNE EINLA-DUNG.
WER DENN?
BÖSE LEUTE ...
ICH KENNE KEINE BÖSEN LEUTE.

IST WOHL KEINER DA...

SRLL

NICK NICK

SIE HABEN NOCH SCHUHE ...

KLAK

?

WARUM SIND TONO UND WAKA UMGEFALLEN?

HOPP

SEI STILL.

HUCH?!

GRAP

FRAG SIE DOCH SELBST.

WAS DANN?

WIR SIND DA.

MÖCHTEN SIE NOCH EINEN TEE TRINKEN?

DAS MIT DIR WAR JA O.K., ABER WARUM MUSSTE ICH AUCH *DIE* MIT EINLADEN?!

VIELEN DANK FÜR IHRE EINLADUNG.

AH?

TOMO-KUN LEBT AUCH ALLEINE.

TOMO HAT MIR DIESEN FEDERBALL GEKAUFT. DAS WAR SCHÖN! TOMO KANN GUT SPIELEN.

OB ER MAL MIT ZUM ESSEN KOMMT? ICH LERNE BALD NEUE REZEPTE IN HAUSHALTSKUNDE.

TOMO-KUN...

JA.

UPS

OB KIZU AUCH ALLEINE LEBT?

NEIN.

OH, SIND DAS FREUNDE, TOMO-KUN UND HERR KIZU?

WENN TOMOAKI KOMMT, KOMMT ER BESTIMMT AUCH.

OB ER AUCH MAL ZUM ESSEN KOMMT?

60

IST EIN LIEBES KIND, DIE KLEINE ASAHI, NEIN, HINA-CHAN.

BEHALT DIE BEIDEN IM AUGE.

GEHT IN ORDNUNG.

DANN VERAB-SCHIEDEN WIR UNS HIER AM BESTEN.
HABEN SIE NOCH ZU TUN?
ICH HABE HEUTE ABEND REDAK-TIONS-SCHLUSS.
DIE VER-SAUTEN ROMANE?
ETWAS ANDE-RES.
EIN BUCH?
OH!
JA.
DANN SAGEN SIE MIR BESCHEID, WENN'S RAUSGE-KOMMEN IST.
KLAR.
BIS DANN!

'TSCHUL-DIGUNG!

HIER.

DANKE.

OB ER MICH BESCHÜTZT HAT, WEIL DER BALL ANGEFLOGEN KAM?

POM POM

POMM

FLOP

OH, TUT MIR LEID.

DU BIST GANZ SCHÖN SCHWER...

TAPP

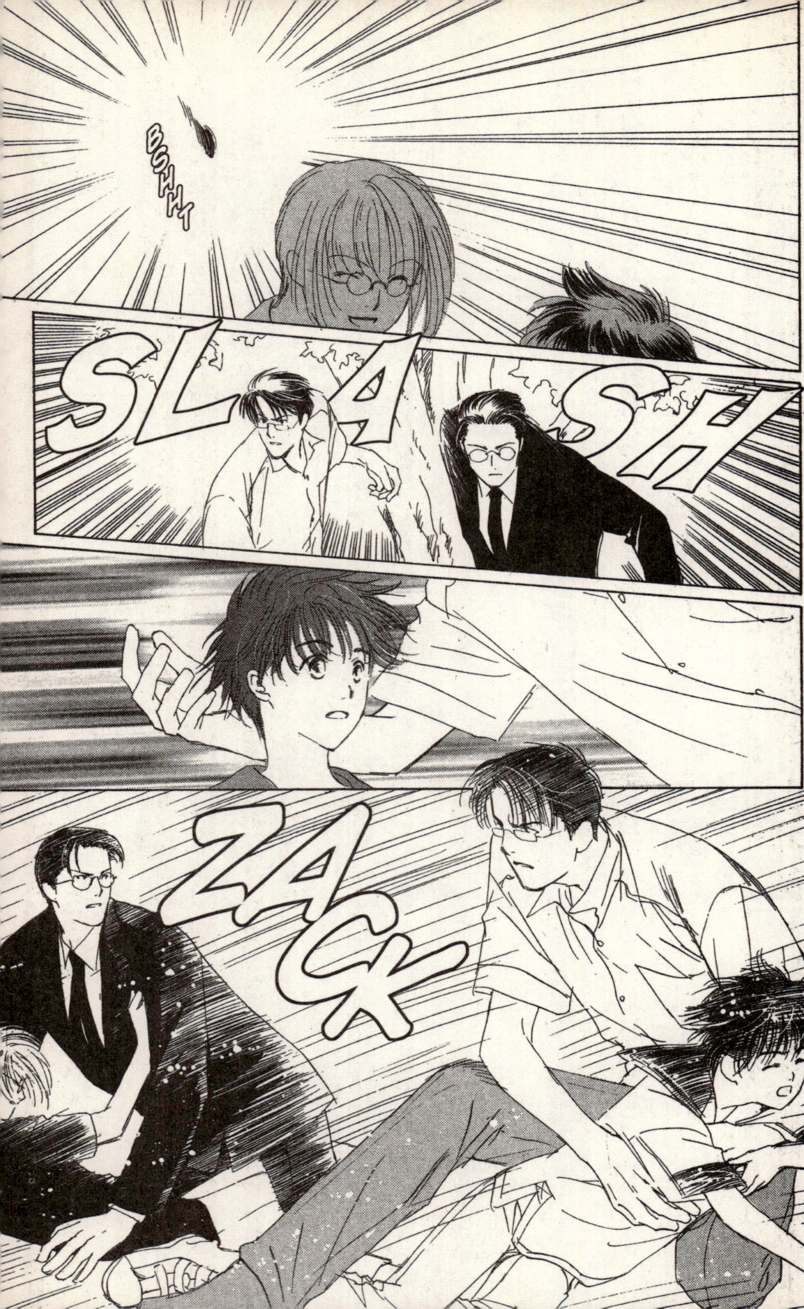

BSHHH
SLASH
ZACK

SO NANNTE MICH AUCH MEINE MUTTER!

TOMOAKI?

DANN NENN MICH AUCH BEIM VORNAMEN.

IST SCHON ZEHN JAHRE HER, DASS MAN MICH SO GENANNT HAT...

ECHT?

...

TOMO-KUN.

SWING

IM VERGLEICH ZU DIR IST DAS ABER ALT.

SIE SIND JA JÜNGER ALS HERR ASOU. ER IST 32.

21.

ICH MÖCHTE, DASS SIE MICH HINATA NENNEN...

NA, DANN, HINA-CHAN!

BESSER NOCH: HINA!

HINA-CHAN!

GERADE, WEIL ES ARBEIT IST, SAGE ICH, DU BIST NICHT DER TYP FÜR SO WAS.

MAN MERKT, DASS DU NOCH GANZ GRÜN HINTER DEN OHREN BIST!

NEE, NEE. ES WAR DAS ALTER.

WAR JA NUR EIN PUNKT VORSPRUNG. BEINAHE HÄTTE ICH VERLOREN.

GEWONNEN!

HEHEHE

KLATSCH KLATSCH

WIE ALT SIND SIE DENN?

"DANN SAG IHM, DASS ER NICHT MEINE ARBEIT STÖREN SOLL."

"DER HÖRT DOCH NICHT AUF MICH."

"WAS?"

"MEINST DU DAS ERNST?"

"DU BIST EINFACH NICHT DER TYP DAFÜR."

"JOB IST JOB. WAS ICH ANGENOMMEN HABE, MACHE ICH AUCH RICHTIG."

AUF IHN.	WAS?

PASS BESSER AUF IHN AUF!

SUPIII!

WENN ES RECHT IST, FRÄULEIN ASAHI...

POM

EIN BEKANNTER...	DER BEKANNTE, VON DEM SIE MAL ERZÄHLT HABEN, WAR DOCH HERR KIZU, NICHT?

WARUM WOLLEN WIR DANN NICHT ZUSAMMEN ETWAS SPIELEN?!

ICH HABE FEIERABEND, UND NOCH NICHTS VOR.

WOHIN WOLLTEN SIE DENN GERADE GEHEN?

ICH BIN HINATA ASAHI.

ICH HEISSE KIZU.

HERR MASAYA KIZU. FREUT MICH, SIE KENNEN ZU LERNEN.

MASAYA.

UND IHR VORNAME?

WENN ICH IN IHRE AUGEN SEHE, WEISS ICH DAS.	WARUM DENKST DU, DASS WIR UNS KENNEN?

HAP

HERZLICH WILLKOMMEN!

SO IN ETWA.

JA, HERR NAMIYA IST SCHRIFTSTELLER.

BOA, WAHNSINN!

DU KENNST IHN DOCH? WARUM SETZT ER SICH NICHT ZU UNS?

LÄCHEL LÄCHEL

HAM. HAM.

ICH HABE IHN EINMAL AUF DEM HEIMWEG HIER SITZEN SEHEN.

SCHON WIEDER ?!

ICH HABE SCHON WIEDER HERRN NAMIYA GETROFFEN!

WIR HABEN UNS NUR ÜBER MEINE ARBEIT UNTERHALTEN.

WOHIN GEHEN WIR EIGENTLICH FRÜHSTÜCKEN?

ZURR

HÄM?

WAS?!

HERR NAMIYA!

WINKE-WINKE

DAFÜR, DASS SIE SCHON FÜNF JAHRE ALT SIND, SIND SIE ECHT GUT IN SCHUSS.
ICH HALTE SIE EBEN IN EHREN.
HM...? WOHER WISSEN SIE, DASS MEINE MUTTER VOR FÜNF JAHREN GESTORBEN IST?
... STAND IN DER SCHÜLER-KARTEI.
IN DER SCHÜLER-KARTEI?

LÄSST DU IMMER DEINE STOFFTIERE DA STEHEN?

... SIE VERABSCHIEDEN SICH VON MIR UND HEISSEN MICH DANN WILLKOMMEN!

JA...

MEINE MUTTER HAT WAKA UND TONO GENÄHT.

MEINE MUTTER WAR SEHR SCHWACH UND MEHR IM KRANKENHAUS ALS ZU HAUSE.

ES WAR DAS LETZTE GEBURTSTAGSGESCHENK VON IHR.

TRAPP TRAPP

GUTEN MORGEN!

KVAK

TSCHÜÜÜÜSS!

MORGEN.

WEISSE WOLKEN FLIEGEN DAHIN. WOHIN FLIEGT IHR, IHR WOLKEN? ICH MÖCHTE MIT EUCH FLIEGEN, GANZ WEIT WEG...

DRÜCK

ICH MAG ES, AUSZUGEHEN!

WEIL ICH IMMER FÜR IHN KOCHE, HAT ER MICH EINGELADEN!

ICH GEHE HEUTE MIT HERRN ASOU AUSWÄRTS ESSEN!

JAAA!

DING DONG

FLAP

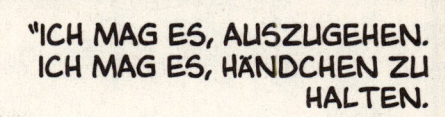

"ICH MAG ES, AUSZUGEHEN.
ICH MAG ES, HÄNDCHEN ZU HALTEN.

ICH MAG ES, MIT DIR ZUSAMMEN ZU SEIN."

'Cause I love you

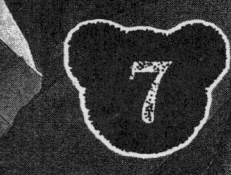

7

WAS IST DENN?	
NICHTS.	HM?

DU WOLLTEST DOCH KOCHEN.

JA.

ICH HELFE DIR.

EEECHT?

YIPPIEEE!

JE-MAND...

...IST HIER GE-WESEN...

WER?

JEMAND IST AUF DIE BLUMEN GETRETEN...

DIE ARMEN BLUMEN...

WIR SIND ZU HAUSE!

SIE SIND ABER KRÄFTIG.

EINEN EINTOPF MIT VIEL GEMÜSE...

ICH BEREITE DEN EINTOPF VOR.

HM?

AH!
DER LADEN HIER HAT ECHT BILLIGES GEMÜSE!
TAPP TAPP
SIE MÖGEN DOCH GEMÜSE. WELCHE BEILAGE SOLL ICH KOCHEN?
ODER ETWAS EINGE-LEGTES?
WIR HABEN VIIIEL EINGE-KAUFT. HEUTE GIBT ES EIN-TOPF!
IST ES IHNEN AUCH NICHT ZU SCHWER?
NÖ.

IM VORIGEN HAUS GAB ES JEMANDEN, DER DEM HUND FUTTER GAB UND MIT IHM GASSI GING, AUCH, WENN ICH NICHT DA WAR...

ICH HABE DAS FRÜHER EIN PAAR MAL ERLEBT.

... ABER NUN LEBE ICH JA ALLEINE.

AN EINEN HUND? ECHT?!
FREUT DICH DAS?
DAS FREUT MICHT TOTAL! ICH LIEBE WAUWAUS!
HURRAAA!
MAGST DU SO GERNE HUNDE?
JA! WO ICH VORHER GEWOHNT HAB, HATTE ICH AUCH EINEN HUND.
UND JETZT?
IN SO EINEM GROSSEN HAUS KÖNNTE MAN JA GLEICH MEHRERE HALTEN...
DA HABE ICH KEINEN HUND. WER WÜRDE SICH DENN UM IHN KÜMMERN, WENN ICH PLÖTZLICH NICHT MEHR DA WÄRE?
NICHT MEHR DA WÄRE?

IRGENDWIE?

IRGENDWIE EBEN!

DASS ICH HINTER DIR STAND...

WOHER HAST DU ES GEWUSST?

SUUPER! WIR GEHEN ZUSAMMEN EINKAUFEN! WAS WOLLEN WIR HEUTE TOLLES KOCHEN?

UND IRGENDWIE HABE ICH HINTER MIR ETWAS WARMES, WEICHES GESPÜRT.

DIESE WÄRME KOMMT VON IHNEN, HERR ASOU.

JA, ALSO IHRE SCHRITTE.

DU ERINNERST MICH IRGENDWIE AN EINEN... HUND.

ES IST WIE EIN GERUCH. MAN MUSS ES NICHT SEHEN, ABER MAN WEISS ES TROTZDEM.

IST JA SCHON RICHTIG WARM. BALD WIRD ES SOMMER...
UND DIE TAGE WERDEN LÄNGER.
HOFFENTLICH KOMMT ER BALD. DER SOMMER NATÜRLICH AUCH, ABER ICH MEI-NE HERRN ASOU. KOMM, HERR ASOU, KOMM!
IM SOMMER KANN MAN DRAUSSEN SPIELEN. WAS WERDE ICH WOHL DIESES JAHR MACHEN?
DREH
SCHLUCK
DA SIND SIE JA END-LICH!
HUR-RA!

TRAPP TRAPP

DASS DU DICH MIT HERRN ASOU ANLEGEN MUSST. DU BIST JA WAHNSINNIG!

ALLES O.K.?!

TOKO?

ER SAGTE, ER HÄTTE ZU ARBEITEN.

OB DER NOCH EINEN NEBENJOB HAT?

ARBEITEN?

SCHNAPP
HERR ASOU ?!
CHEMIE
KLIING
SCHLIESS AB, BEVOR DU GEHST.
GRAP
WARTEN SIE!
ICH HABE ZU TUN.

... KLAR.

DAS HEISST, DU DENKST, ICH WÄRE EIN SCHLECHTER MENSCH?

IST ES NICHT SO?

WARUM GEHEN SIE ZUSAMMEN MIT HINA NACH HAUSE?

ETWA MIT HINA?

WEIL WIR NACHBARN SIND.

JA, DAS IST ES.

IST DAS DENN SO UNGEWÖHNLICH?

SIE KAPIERT NICHT, DASS ES NICHT NUR GUTE MENSCHEN AUF DER WELT GIBT.

HINA IST EINFACH ZU VERTRAUENSSELIG.

ICH WOLLTE GERADE NACH HAUSE GEHEN.

ICH MUSS MIT IHNEN REDEN.

WAS GIBT'S?

EIN NERVIGER JOB...

GRAP

KNARR

ICH GEHE MIT HERRN ASOU EINKAUFEN! WIR SUCHEN UNS UNSER ESSEN GEMEINSAM AUS!

HAHA, HINA! WAS IST DAS DENN FÜR EIN KOMISCHES LIED?!

DU BIST VIELLEICHT GUT DRAUF, HEUTE!

JA, TOTAL!

DAS FINDE ICH SOO SCHÖÖÖN!

CHEMIE

BAMM

FORT WAR SIE.

WAAAS?!

ICH MUSS MIT HERRN ASOU REDEN. UND ZWAR DRINGEND.

DER WIND SO FRÖHLICH, EIN SCHÖNER TAG. DIE KATZ WIRD ÜBERMÜTIG UND STIEHLT DEN FISCH...

... UND RENNT DAMIT FORT. MACHEN WIR EIN WETTRENNEN, JAJA!

TRAPP TRAPP

DING DONG

GEH'N WIR NOCH WAS MAMPFEN?

O.K.!

FREU FREU

FEIERABEND!

TOKO! SORRY, DASS ICH HEUTE NICHT MIT EUCH NACH HAUSE GEHEN KANN.

PASS AUF DICH AUF, HINA.

JA. BIS MORGEN.

ICH WERDE MICH BEMÜHEN, HERRN ASOU NICHT ZU BELÄSTIGEN.

SO MEINE ICH ES DOCH NICHT! QUETSCH QUETSCH URGS!	ICH WERDE IHM KEINE SÜSSEN BEILAGEN MEHR KOCHEN, DIE ER NICHT MAG!

ICH ERSTICKEEE, EMI!

GESCHIEHT DIR RECHT!

HERR ASOU TUT VIELE DINGE, DIE ICH MAG.

DESWEGEN MÖCHTE ICH NOCH MEHR MIT HERRN ASOU ZUSAMMEN SEIN.

UND WIE WILLST DU DAS ANSTELLEN?

KEINE SORGE. ICH WERDE MICH SO VERHALTEN, DASS DAS NICHT SO SEIN WIRD!

ABER WIR HABEN DIR DOCH GESAGT, DASS ES HERRN ASOU UNANGENEHM SEIN KÖNNTE...

TOKO...?

NICHT MIT HERRN ASOU...

HERR ASOU IST...

WARUM DENN NICHT?

... IRGENDWIE ANDERS ALS DIE ANDEREN LEHRER.

OH JA, DAS IST ER WIRKLICH...

BLOSS, WEIL ER JÜNGER IST?

AUFFÄLLIGER GEHT ES NUN WIRKLICH NICHT!	JA. TREFFPUNKT VOR DER SCHULE.

GONG!

DUUU...!!

JO.

DU GEHST MIT HERRN ASOU ABENDESSEN EINKAUFEN?!

TU'S NICHT.

SMILE

WAR DENN WAS BESONDE- RES?	HINA, DEINE AUGEN HABEN SEIT HEUTE MORGEN *SO* EINE SMILEY- FORM.

ALSO, DAS IST SO...

JA?

HEUTE?

UND HEUTE NACHMITTAG GLEICH NOCH MAL.

JA!

DU BIST IN KEINER AG, NICHT?
JA, DESWEGEN WOLLTE ICH FRÜH NACH HAUSE, UM DAS ABENDESSEN VORZUBEREITEN.
ICH KOMME MIT.
ÄH?
ZUM EINKAUFEN.
WARTE AUF MICH VOR DER SCHULE.
KLAR!

HAST DU ÖFTER SOLCHE ANRUFE?

ICH SAGE IMMER "HALLO", ABER ES MELDET SICH NIE EINER...

SCHÜTTEL SCHÜTTEL SCHÜTTEL

NEE, EIGENTLICH NICHT.

IST WAS?

RIIING
RIIING
ICH KOMME!
FLAP
FLAP
WIESO ANTWORTEST DU, WENN DU NOCH GAR NICHT ABGEHOBEN HAST?
GRMP
GRMP
HIER ASAHI!
HALLO?
HALLO!!
HAT AUFGELEGT.
VERWÄHLT?
UND DAS AM FRÜHEN MORGEN...
JA. EBEN SCHON MAL.

HEUTE HABE ICH MAL GEBRATENEN FISCH VERSUCHT!

SIE SAGTEN JA, SIE MÖGEN GERN FISCH.

GUTEN APPETIT.

GUTEN APPETIT!

HIER, REIS!

SETZEN SIE SICH.

RIIING RIIING

GEHT SO.

KLAK KLAK

TAPP

TAPP

TAPP
TAPP

GUTEN MORGEN!

KLACK

ICH HABE IHNEN PANTOFFELN GEKAUFT. BITTE SEHR!

HE-HE-HE

MORGEN.

HALLOOO !
HM ?
...
HALLO ?
...
TUUT
TUUT
TUUT
BRZ
VERWÄHLT ?
DIN-DOONG
TUUT TUUT TUUT
HÄ?
TRAPP TRAPP
JAAA!

AUCH HEUTE KOCHT DER REIS SO FEIN UND WEISS, WIE LECKER! VIELEN DANK FÜR DEN TOLLEN REIS!

KLAPPER KLAPPER

ISS VIEL, UND DU WIRST GROSS UND STARK.

RIIING
RIIING
RIIING

JA? HIER ASAHI!

JAAA!

"ES GIBT IMMER MEHR DINGE, DIE ICH MAG. GANZ VIELE SOGAR.

ICH MAG DICH IMMER MEHR."

'Cause I love you

6

CLAMP

'Cause I love you

Band 2